講談社文庫

新装版

# 走らなあかん、夜明けまで

大沢在昌



講談社

目次

# 1

新幹線の扉がシュッという音をたて開き、坂田勇吉《さかたゆうきち》は一歩を踏みだした。

初めて立つ大阪の第一印象は、

(暑いな)

だった。

プラットホームの雰囲気《ふんいき》は、東京駅のそれより広くて、人の数も少ないような気がする。にもかかわらず、湿度が高いのか、むし暑さがあった。

プラットホームを数歩歩いたところで、坂田はさげていたジュラルミンのアタッシエケースの把手《とって》を握りなおした。掌《てのひら》に汗がふきでてきたようだ。

そして立ち止まったのを機会にあたりを見回した。

別にどうという景色ではない。同じ列車から吐《は》きだされてきたのは、坂田と似たようなスーツ姿のビジネスマンらしい男たち、斜め前の座席でも扉ふきんで坂田の背後に立ったときも、片ときも喋《しゃべ》るのをやめなかった中年のおばさんのふたり連れ、職業のよくわからないサングラスをかけた髪の長い男などだ。

立ち止まった坂田を追いこし、「出口」の階段に向かって歩いていく。

ベルが鳴り新幹線が発車した。一時二十分に東京駅をでた「ひかり」だった。最終駅は岡山である。

速度を増した列車は、やがて車窓《しゃそう》の見分けがつかなくなり、坂田の視野から姿を消した。

(岡山か、いったことないな)

ふっと思い、次いで坂田は苦笑した。いったことがないといえば、この大阪もそうだった。

とにかく、箱根《はこね》より西に彼がやってきたのは、これが初めてだ。

坂田勇吉は、東京生まれの東京育ちだった。坂田と同じ名前をもつ祖父は、文京区《ぶんきょうく》の白山《はくさん》で風呂屋を営んでいた。べらんめえ調で喋る江戸っ子で、酒好きがたたり、坂田が中学生のとき脳いっ血で亡くなった。父はサラリーマンだったが、祖父が亡くなってからは風呂屋を潰《つぶ》してコンビニエンスストアとマンションを建て、会社をやめてしまった。もっとも、コンビニの店番は、近所の酒屋の娘だった母がもっぱらあたり、父は町内会の世話役が主な仕事で、祭りやらカラオケ大会、ゴルフコンペの幹事だと、遊ぶことばかりで走りまわっている。

のんきな生活だ、と思うが、そう悪い人生でもないようだ。坂田も、いずれは自分も同じような生活を送るのではないかと思っている。

まずそれには、母のように、口うるさくはあるものの、働き者のカミさんをもらわねばならないが。

そういえば、初めて箱根より西に彼がでていくチャンスを奪ったのが、祖父だ。『箱根よりこっち、お化けはいねえ』が口癖だった祖父が、脳いっ血の発作《ほっさ》を起こして倒れたのが、坂田の中学の修学旅行の前夜だった。

救急車で運びこんだ病院の医師は、今夜がヤマだ、といい、その言葉通り、早朝の五時過ぎに、祖父は息をひきとった。

同級生たちが京都の古刹《こさつ》を巡っている間、坂田は小学生の頃さんざん境内《けいだい》で遊んだ町内の寺にいつづけたのだ。

(同じ寺でもえらいちがいだな)

祖父を失った悲しみとは別に、そう思ったのをよく覚えている。

二度めの機会は高校の修学旅行だった。このときは、旅行の二日前に急性盲腸炎の手術をうけたのだ。

一度めほどは残念には思わなかった。危《あやう》く腹膜炎を併発しそうになっており、ひどく苦しい思いをしたので、それから解放された安堵《あんど》感のほうが強かった。

一浪して大学に入ってからも、なぜか関西にいく機会はなかった。北関東にある国立大に入学したせいで、友人の大半が関東から北の地域の出身だった。北海道や東北に旅行することはあっても、西にはいっていない。

自分ではそれを奇異《きい》だとは思っていなかった。大阪や神戸という街《まち》の存在はもちろん知っている。だが、東京でずっと育ったせいか、興味はさほど湧《わ》かない。女友だちが、京都にいきたい、というのを聞くと、なんとなく雑誌やテレビに踊らされている、と感じてしまう。

関西には異文化がある、などという週刊誌の記事などを見ても、だからどうした、という感じである。土地がちがえば人もちがうのだから、文化がちがうのは別に関西に限らないのではないか。

京都、大阪、神戸だけをとりたててもちあげる必要もないだろう、と。

以前、そのことで名古屋出身の同僚と論争したことがある。その男の意見では、坂田のように「生まれ育った土地を離れたことのない、特に東京人」は、土地の文化の差異に対して鈍感なのだ、という。

理由は、〝知らない土地でひとりぼっちだ〟という孤独感を味わったことがないからだ、と。

「そんなことは関係ない」

坂田は反論した。どこの土地の出身者であろうと、異文化に対し敏感な人間もいれば、鈍感な人間もいる。坂田が東京生まれの東京育ちであっても、外国にいけばやはり、はっきりと文化のちがいは感じるのだ。

「外国、ね」

坂田の言葉に、その男は鼻で笑うようにいった。

一瞬、坂田はむっとした。そして自分が東京生まれの東京育ちだから、この男はつっかかってくるのではないか、と思った。妙なコンプレックスを自分に対し、抱《いだ》いているのではないか。

さすがにその場では坂田はそれを口にはしなかった。が、口にしなかったことじたいが、コンプレックスの反対、つまり、漠然《ばくぜん》とした優越感を、彼が地方出身者に対し感じていることを証明もしていた。

何の意味もない優越感であることはわかっている。が、

「どちらの出身ですか」と訊《たず》ねられ、「東京です」と答えるとき、心のどこかにふくらむものがある。また、サラリーマンである限り、たとえ重役になろうと、東京都内に一軒家をもてないこの土地状況の中で、「我が家」が山手線《やまのてせん》の内側にあるというのは、絶対的な価値であることを、坂田は社会人になってから悟《さと》った。

関西に対しては、興味も、もちろん対抗心もない。あるいは、それも優越感かもしれないが。

同じようなことを、横浜出身者に対して思ったことがある。

大学時代の友人で、横浜生まれの横浜育ちの男がいた。東北出身の級友を、「イナカモノ」と馬鹿にし、ふた言めには、「ハマでは」「ハマでは」を連発した。そしてやはり、妙に坂田に対抗心を燃やしていた。

その男にとっては、横浜が一番の都会であり、東京など田舎者のよせ集めに過ぎない、といわんばかりだった。

が、坂田にしてみれば、「東京がどれほどのものなんだ」と対抗心を燃やすことじたいが、すでに苦戦を認めているような気がする。東京の人間は、横浜やその他の街に対して、妙な対抗心をもったりはしない。つまり、優位にいるのだ。

たぶん、大阪もそうだろう、と思う。もちろんすべてではないだろうが、以前、テレビで見た大阪の若者たちが、

「標準語って気色《きしよく》わるい」

「東京者は皆んな冷たそう」

「結婚するんだったら絶対、大阪の人」

などというのを聞いたとき、あ、似ているぞ、と感じた。

大阪の人間が東京にきたら、きっと「大阪は」「大阪は」というのではないだろうか。

東京の人間は、大阪の人間に対し、「東京は」「東京は」とは、いわない。それほど大阪であろうと横浜であろうと、意識してはいない。

いいかえれば、それだけ意識をもたれている街からやってきた自分は、敵意の目にさらされるかもしれない。特に、明日の会議では、そう見られる可能性があった。

――東京本社からきたと思って、若造《わかぞう》が偉そうに。

そんな視線で迎えられるのではないか。

(ちょっとナーバスかな)

たぶん、いっしょに出張でくる筈《はず》だった木村《きむら》係長がこられなくなり、急遽《きゆうきよ》ひとりで

この大阪の地に降りたったことが、こんな緊張感をもたらしているのだろう。木村係長は、二年ほど前まで大阪支社にいたのだ。だから今回の出張をけっこう楽しみにしていた。

「坂田、ミナミの子はいいぞ。東京みたいにお高く止まってないからな」

さきおととい の晩、軽く飲んだときに、木村係長はいった。

それがきのうの日曜日、家族を連れたドライブで追突《ついとつ》事故を起こされ、ムチ打ち症で入院してしまったのだ。

「すまないが、大阪、お前ひとりでいってくれ。先方《せんぽう》には伝えておくから」

頭痛と吐きけに苦しめられているという、病院からの木村係長の声は、ひどい濁《だ》み声になっていた。

明日火曜日の会議にでて、夕方の列車で東京に戻る坂田の仕事は、運んできた新製品の発表と、説明だった。

宿舎は、曾根崎《そねざき》というところにあるビジネスホテルだった。北浜《きたはま》三丁目は、大阪支社からも近いらしい。

大阪の地理は、もちろんまるでわからない。いちおう、きのうの日曜、木村係長の電話をもらってからあわてて、近くの本屋で簡単なガイドブックを買って読んだ。

それによると、北と南に分かれていることだけはわかった。大阪支社も泊まる予定のホテルも、北だ。木村係長がいっていたミナミというのは、文字通り南のようで、盛《さか》り場も、キタとミナミに分かれているようだ。

が、どちらにしても、坂田は、今回の出張で大阪の街をうろつくつもりはなかった。

大阪にも大阪支社にも、知りあいと呼べる人間はまるでいない。

木村係長の入院を知った大阪支社宣伝部から、誰かを迎えによこそうかという申し出が課長あてにあったが、坂田は、

「けっこうです」

と断わったのだった。一時過ぎの列車に乗ることは決まっていたので、それで大阪に着いたのでは、四時を過ぎてしまう。迎えにくる、見ず知らずの大阪支社員に残業を強《し》いることになるし、そのことでこちらも気をつかうのは嫌《いや》だった。

言葉が通じない土地ではあるまいし、自分でビジネスホテルを見つけて、近くで食事をし、ひと晩泊まればよいだけのことだ。

独身である自分には、出張した晩くらい羽目《はめ》を外したいという欲求もない。

ただ、坂田には一ヵ所だけ、大阪にきたら、いってみたい場所があった。

将棋博物館である。

坂田が将棋に興味をもったのは、祖父と、その名前のせいだった。

祖父は将棋が好きで、小学校に上がる前の坂田にそのさし方を教えた。また、彼も、中学生のときに自分の名前（つまりは祖父の名前）と一字ちがいの〝王将〟坂田《さかた》三吉《さんきち》の存在を知り、より興味が増したのだった。

中学時代、坂田は「将棋クラブ」に籍をおいた。だがアマ段位をめざすようなタイプではなかった。

三年間の「将棋クラブ」での経験は、坂田に、同じ姓をもつ怪物との決定的な性格のちがいを悟らせた。

坂田三吉は、目に一丁字《いってい じ》もない環境で育ちながら独学で将棋を学び、中央の棋界《きかい》と絶縁しても尚《なお》、名人を名のるほどの苛烈《かれつ》な人生を送った人物だった。それに比べ、坂田勇吉は、性格温和、よくいえばおっとりしている、悪くいえば闘争心に欠けるところがある。

将棋が勝負の世界であることはいうまでもない。たとえアマチュアであろうと、負けたことのくやしさをバネにしなければ上達はしない。そういう点では、坂田には勝負に対するこだわりがあまりに欠けていた。

要は、淡白《たんぱく》なのだ。

(まあ、いいか)(しかたないな)

と、すぐに思ってしまう。正直いって、自分のそういう部分を長所ではなく、欠点だとは思うのだが、どうにもかえようがない。

それはスポーツの面でも表われている。球技や陸上などの勝ち負けのあるクラブではなく、高校、大学と彼が所属した運動部は「ワンダーフォーゲル部」だった。登山というほど大げさなものではない。山歩き、キャンプなどが性《しょう》にあっていた。体力はある。が、限界に挑《いど》む、というのがあまり好きではない。勝負にこだわっていれば、どこかで限界に挑み、それを越える、あるいは広げることを、考えなければならない。

その局面に立つと、坂田は必ず立ち止まってしまう。そして、

「まあ、ここまででいいや」

と、すたすた戻ってしまうのだ。

恋愛にも、その性格はでる。だから、決まった恋人、というのがなかなかできない。できても、感情の起伏《きふく》の激しくない坂田をつまらないと思うのか、だいたい一年から二年で、女の子の方から去っていく。

もちろん追うことはしない。つらいし、悲しくもあるのだが、悪い癖の、

「しかたないか」

が、でる。

ひょっとしたら自分は弱い人間なのかもしれないな、と思う。反面、人間は誰だって弱いのだ、と囁《ささや》く声がする。

強すぎて人を傷つける者よりは、弱くても傷つけない者の方がいい——いつからか思うようになった。

こうして将棋からはじょじょに遠ざかった。が、勝負を考えなくてよい、詰め将棋は今でも好きで、今度の出張にも問題集をもってきている。

そして、自分とはまるでちがう、坂田三吉に対する憧れというか、ファン心理も、いまだに抱いていた。

大阪のガイドブックを読んでいたとき、関西将棋連盟の本部に将棋博物館があることを知った。

そこにいけば、たぶん坂田三吉に関する品物がそろっているのではないだろうか。

大阪の街を別に歩きまわりたいとは思わない。将棋博物館にいき、坂田三吉にまつわる何がしかのものを見て、あるいは記念になるような土産《みやげ》を買えれば、あとは食事

をしてホテルにずっとこもっていてもかまわないのだ。

本によれば、将棋博物館は、ＪＲ大阪駅のすぐ隣である福島《ふくしま》駅の近くにあるようだ。

今、坂田が降りたった新大阪駅は、大阪駅や大阪の中心部とは、淀川《よどがわ》をはさんだ北側に位置している。

新大阪からは、ＪＲでも地下鉄でも大阪駅にはでられるが、新幹線の乗車券があるので、それを使ってＪＲでいこうと、坂田は考えていた。

大阪支社からの出迎えを、明朝、ホテルにしてもらったので、このまままっすぐ将棋博物館に向かっても何の支障《ししょう》もない。

ＪＲ京都線で大阪駅にでて、そのあと環状線に乗りかえる。地図によれば、どちらもひと駅ずつだ。

夕方のラッシュにはまだ早いせいか、ＪＲ京都線も環状線も空《す》いていた。新大阪駅でも感じたことだが、プラットホームが広く、東京のＪＲに比べると、人が少ないような気がする。

新幹線を降りたときに感じた暑さはかわらなかった。坂田は、夏物のスーツの上着を脱ぎたいのをこらえた。

ひと駅の間だが、環状線では座席にすわり、膝の上にアタッシェケースをのせた。扉ふきんに立った女子高生らしい少女たちの会話が聞こえてくる。関西弁だった。

——初めて大阪いったときな、道歩いてる奴が皆んな漫才師に見えたよ。

木村係長の言葉を思いだした。

確かにそう思えなくもない。日常で彼が接する関西弁は、すべて吉本《よしもと》興業に所属しているコメディアンたちの口から発せられている。

窓の外を流れる景色は、東京に比べ、特にかわっているとは思えなかった。

(こうしてすわっていても、自分が東京の人間だと彼らにはわかるのだろうか)

ふと思い、坂田は苦笑した。そんな筈がない。

かたわらの女子高生がお喋りをとぎらせた。見あげると、薄気味悪そうに彼を見つめている。

「福島、福島」

アナウンスが流れ、坂田は腰を浮かした。白っぽい街並みの中の駅に、電車はすべりこんでいた。

「すいません、将棋博物館というのはどっちですか」

改札口で乗車券を渡しながら坂田は訊ねた。改札口は広い道路に面しており、ガード下に横断歩道がのびている。

「将棋博物館でっか」

いって、改札係は坂田の顔を見直した。ちょっと困ったような表情だ。

その瞬間、坂田ははっきりと自分が他所者《よそもの》であることを意識していた。言葉がちがう。この改札係は、彼を旅行者と見ぬいたろう。

「さあ……聞いたことおまへんなあ。将棋会館いうのはありまっけど」

「あ、そこです」

坂田がいうと、改札係は頷《うなず》いた。

「ほなら、そこ渡って、左ぃいかはったところにありまっさかい」

「どうも」

坂田はいって、改札口をくぐった。

横断歩道の信号が青にかわるのを待って、道を渡った。渡ってすぐ左に向かおうとすると踏切があった。しかもその先には高速道路とやはり鉄道らしい高架《こうか》がある。どうやら大阪駅から並行して走ってきたらしい線路が、福島駅の手前で分かれているようだ。

歩きだして二、三分で、将棋会館の前にでた。あっけないほど近かった。

五階建てのビルで「関西将棋会館」と記されている。入口の前に看板があり、「一階売店、二階将棋クラブ、三階事務所、四階博物館、五階対局場」とあった。

(なんだ簡単だったじゃないか)

緊張がゆるむのを感じた。ガラス扉をくぐって、中に入る。

内部は空調がきいているのか、冷んやりとしていた。細長い廊下があり、右手前に売店が、左奥に受付らしい窓口がある。

廊下に人けはなく、静かだった。

坂田は売店をのぞいた。

入って左側と右横にガラスのショウケースがあり、左奥には全集などをおさめた本棚がある。ショウケースには、棋盤《きばん》、駒箱《こまばこ》などのほかに扇子《せんす》、色紙が陳列されていた。それぞれ、各名人の手になる文字の複写が印刷されており、扇子には、「則天去私《そくてんきょし》」「気宇広大《きうこうだい》」「一歩千金《いっぷせんきん》」などの言葉が、色紙には「動中静《どうちゅうせい》」「闘志《とうし》」などといった文字が並んでいる。

そして、

「あった」

坂田は小さくつぶやいて、ガラスに顔をよせた。

「馬《うま》」と記された扇子が広げられている。その「馬」の文字の横に、小さく「三《さん》」とある。将棋雑誌のグラビアで見たことのある、坂田三吉の自筆扇子のコピーだった。

「これ下さい」

坂田は奥のレジにすわる中年女性をふりかえっていった。

「どれですか」

「坂田三吉の扇子です」

「あ、はい」

レジに向かって歩みよりながら、坂田は訊ねた。

「上に、博物館あるんですよね」

「ええ。じき閉めますけど」

「何時ですか」

「五時やったんやないかしら」

腕時計を見た。四時半になろうとしている。

「三十分か……」

思わず言葉がでると、包《つつ》みをさしだした女性がおかしそうにいった。

「すぐ、見られますよ。そんな広うないですから」

「何階ですか」

「四階。エレベーター、この奥にありますから」

「すみません」

「いえ、おおきに」

扇子の包みを左手に、右手にアタッシェケースをもって、エレベーターに向かった。途中、ガラス窓のはまった受付の前を通ったが、中にいる老人は何もいわない。エレベーターに乗りこむと、坂田は四階のボタンを押し、床にしゃがんだ。扇子をアタッシェケースにしまおうと思ったのだ。

が、思い直し、ジャケットにしまった。アタッシェケースには番号式の錠《じょう》がついており、新幹線を降りる直前、詰将棋の問題集をしまったときに、いちおう番号をずらしたのだった。番号を合わせて解錠する手間《てま》が惜《お》しかった。

エレベーターが四階で止まり、扉を開いた。踊り場《ば》に古いソファと自立式の灰皿がおかれている。

右手に開かれた部屋があり「資料展示室」とあった。

博物館という言葉から、何室にもわたる展示室を想像していた坂田は拍子《ひようし》ぬけした。

（なんだ、これだけか）

展示室に入った。中には誰もいない。展示室だけではなく、どうやらこの四階には誰ひとりいないようだ。

まず古い新聞の拡大写真が目についた。坂田は歩みよった。昭和十二年二月十二日付の読売新聞で、

「よくも戦ひたる哉《かな》」という見出しが目にとびこんでくる。

「坂田、木村の両雄」とあって、「ああ死闘！　聖盤に砕《くだ》く肝膽《かんたん》」とつづいている。今の新聞に比べるとかなりセンセーショナルな記事の書き方だ。

坂田は床にアタッシェケースをおき、その記事に見入った。ところどころ読めない漢字が混じっているが、それが、昭和十二年に、坂田三吉が十六年ぶりに中央の棋界と和解してもった対局の記事だというのはすぐにわかった。木村というのは、木村義《よし》雄《お》八段のことだろう。

坂田三吉の人生は、「王将」という芝居《しばい》や映画、そして歌にもなっている。それほど劇的な生き方をした人だったのだ。

拡大されているとはいえ、細かな旧活字を読んでいた坂田は目が疲れてきた。つきだしていた首を立て、展示室の他の部分を見渡す。

展示室は教室のような長方形の部屋で、中央と四つの壁ぎわに、さまざまな品が、

ほとんどガラスケースに入れられて陳列されていた。

将棋の起源に関する説明、外国、日本の古い駒。将棋家元の系譜、歴代名人。

将棋のもともとの発祥地《はっしょうち》はインドで、それが東に伝わって中国で将棋、西に伝わってチェスになった、というのは坂田も本で読んで知っていた。また江戸時代まで、将棋も、茶道や華道と同じ家元制であったこと、昭和十年ごろまでは、名人位は今のようなトーナメント戦で争われるものでなく、一生一代の制度であったことも知っている。

坂田は、インドで生まれたときの、原型となった駒、あるいは、駒がその名通り、武者《むしゃ》の形をした武者人形駒を、熱心に見た。

部屋の隅にはロッカーがあり、雑誌「将棋世界」のバックナンバーがぎっしりと入っている。どうやら好きなものを抜きだして閲覧《えつらん》できるようだ。

エレベーターの扉が開く音がした。男がひとり降りたって、資料室の中に入ってきた。

閉館時刻が近いので関係者かと坂田は思ったが、どうやらそうではないらしい。

白いワイシャツにグレイのスラックスをはき、手首に輪になったベルトを通したセカンドバッグをさげている。

三十五、六で髪が薄い、どこか生活に疲れたような印象のある男だった。商人《しょうにん》というよりは、商《あき》ん人《ど》という言葉がぴったりくる感じで、いかにも大阪人風だな、と坂田は感心した。足もとを見ると、紺《こん》の靴下に雪駄《せった》をはいている。

それを見て坂田は懐しくなった。靴下に雪駄をはくというのは、亡くなった祖父がよくしていた格好だった。風呂屋の主人という仕事がらか、あまり家を離れたことのなかった祖父は、どこにいくのでも雪駄をつっかけていた。

が、男は坂田には目もくれず、まっすぐに展示室の正面の壁にかけられた歴代名人図のところにいった。

展示室の中を一周した坂田は、再び最初に見た新聞記事の場所に戻った。そこには、さっき彼が下で買った、坂田三吉の自筆扇子のオリジナルが飾られている。

その筆致は大胆で、いかにも坂田三吉らしいものだった。「三」というサインも、さりげなくていい。

そういえば――

坂田はふっと思った。四階の、この資料展示室以外はどうなっているのだろうか。

展示室が面した廊下には奥があり、そこにも部屋があったようだ。

坂田は展示室をでて、廊下を進んだ。右手に、旅館の和室のような格子戸《こうしど》の入口があった。その奥は障子戸だ。

坂田は耳をすませた。内部に人の気配はない。好奇心がこみあげ、そっと障子戸を引いた。

畳のしかれた和室だった。対局室だ。ここでプロどうしが戦うのだろうか。

和室の中は薄暗く、清潔だった。坂田は入口に立ったまま、内部をじっと見つめていた。

折り畳み式の棋盤を広げては駒を並べた、中学の部屋とはえらいちがいだった。今にも、パチッという駒音《こまおと》が聞こえてきそうだ。

しばらくそうしてそこにたたずんでいて、坂田は我にかえった。腕時計をのぞくと、五時にあと五分を残しているだけだ。

障子戸を閉め、展示室に戻った。

さっきの商人風の男の姿はなかった。が、中央のガラスケースの上に、男が手首にさげていた黒革のセカンドバッグがある。

（どうしたのだろう）

展示室の中を見渡し、次の瞬間、坂田はさっと血の気がひくのを感じた。なかった。

東京からもってきた、ジュラルミンのアタッシェケースがない。新聞記事を読むときに床におき、それきり忘れていたのだ。

金めのものは入っていない。ただ、明日の会議で公開する新製品のサンプルが入っている。

(あの男が?!)

置き引きだろうか。まさか、こんなところで。

信じられない思いが頭を駆けめぐった。展示室をでて、あわただしくエレベーターに駆けよった。

表示盤のランプが点っていた。上がってくる。

坂田がボタンを押すのと、エレベーターの扉が開くのが同時だった。中へとびこもうとした坂田は、でてきた男と鉢《はち》あわせしそうになった。

男は一瞬、びくっとしたように身をひいた。薄いスモークのサングラスをかけた二十代後半の人物だった。玉虫色《たまむしいろ》のスーツを着てネクタイをしめているが、頭の毛にパンチパーマをかけており、ふつうのサラリーマンには見えない。

男は右手にジュラルミンのアタッシェケースをさげていた。はっとして坂田はそれを見た。

が、坂田のものではなかった。坂田のアタッシェケースは色がシルバーだが、男のそれはゴールドがかっている。

「何《なん》や」

男が低い声でいった。怒ったような目がサングラスの奥から坂田をにらんでいる。

マズい、と坂田は思った。やくざっぽい雰囲気がある。

「いえ。すいません」

坂田はいって体をよけ、男を通した。男はわずかのあいだ坂田の顔をにらんでいたが、

「気ぃつけえや」

吐きだして、エレベーターを降りた。入れちがいに坂田はエレベーターに乗りこんだ。

一階のボタンを押す。

男は踊り場に立ち、扉が閉まるまで坂田の方をにらんでいた。目を合わすまいと、坂田は下を向いた。

扉が閉まり、エレベーターが下降しはじめるのを、今か今かと坂田は待った。ようやく動きだすと、ほっと息を吐いた。全身が汗で濡れている。

がすぐに、またあわてて表示盤を見やった。早く降りろ、一階に着け。一階に到着したエレベーターを坂田はとびだした。

一階の廊下にもあの男の姿はない。坂田は廊下を走りぬけ、将棋会館の建物を走りでた。

ゴオオッという轟音《ごうおん》をたて、高架《こうか》の上を電車が走りぬけていった。クラクションを鳴らし、目の前の広い道をトラックや乗用車がいきかっている。

歩道の左右を見た。男の姿はない。

坂田は唇をかみ、走りでてきた将棋会館の建物をふりかえった。

売店の女性が廊下に姿を見せた。

「すいません！」

坂田は叫んで建物の中に戻った。その勢いに女性が驚いて坂田を見た。

「男の人、見ませんでした？　白いシャツ着て、さっき僕がもってたアタッシェケースもった」

「男の人ぉ、ですか」

「さっき、ここからでてったでしょう。僕の、もってっちゃったんだ！」

女性は瞬《まばた》きした。

「自転車できはった人かしら」

「自転車?!」

「ええ。ちょっと前にきて、すぐでていかはって……。白のワイシャツにねずみ色のズボンはいた――」

「その人、その人! どっちいきました?」

「浄正橋《じょうせいばし》の方に自転車でいかれましたけど」

「ど、どっちです、それ?!」

「あっちですわ」

女性は、でて左の方向を指さした。きた方角だ。礼もいわず、坂田は駆けだした。

(たいへんなことになった)

頭の中を混乱と怒りが渦《うず》まいている。アタッシェケースをとりかえさないと、明日の会議にはでられない。それどころか、会社をクビになるだろう。クビですめばいいが、もし新製品が競合会社の手にでも渡ったら、会社全体が大損害をうけるのだ。

全力疾走だった。歩道を歩いている人とぶつかりそうになり、キャスターつきの買い物カゴを押す婆さんをつきとばしかけ、

「何や!」

「気ぃつけんか！」

怒鳴《どな》られながら、坂田は走った。電車と高速道路の高架をくぐり、福島駅の前まできた。男の姿はまだ見えない。

（どうしよう）

立ち止まり、駅の方、そして道のもっと先を見やった。

道路は幹線道路のようで、多くの車がいきかっている。それにあわせて歩道の巾《はば》も広く、人の通行量もさっきより増えているような気がした。

駅を越し、百メートルほどいったところに、もうひとつ踏み切りがあった。今そこに遮断機《しやだんき》が降り、肌色と青のツートーンに塗られた電車が走りすぎようとしている。

遮断機の手前に通過を待つ歩行者の集団がいた。

電車が通りすぎ、遮断機が上がった。固まっていた人の群れが崩れ、動きだす。

その中にあの男がいた。白いシャツで、黒の買物自転車にまたがり、よろよろとペダルを踏みながら、線路をこえようとしている。

「ちょっと！」

坂田は大声をだした。周囲の人々が驚いたようにふりむいた。

声は男にまでは届かない。当然だった。坂田がいるのは高架の下だし、かたわらを大量の車がいきかっている。

(お巡《まわ》りさんを)

坂田は思い、あたりを見回した。ちょうどすぐわきに交番がある。

走りよった。

だがそこは交番ではなかった。よく似たガラス扉の建物だが、踏み切りの保安小屋なのだ。

坂田は舌打ちし、再び男の方を見た。自転車は踏み切りを越え、スピードをあげていた。

「くっ」

坂田は走りだした。左右の手をふり、けんめいに走った。

踏み切りまできた。自転車の男との距離は百五十メートル近く開いていた。ちょうど大きな交差点があり、そこを左に曲がろうとしている。

踏み切りを渡った。今度こそ左手に交番があった。走りよろうとして、坂田は立ち止まった。内部に人の姿がない。

奥にいるのかもしれなかった。あるいはすぐ近くにでかけているのか。

警官が戻るのを待つか。

だが待っているうちに男を見失ってしまうだろう。そうなれば被害届けをだしても、戻ってくるとは限らない。また戻ってくるとしても、明日の朝の会議にはぜったいに間《ま》にあわない。

坂田は歯をくいしばった。また走りだす。

自転車の男の姿は完全に視界から消えていた。角を左に曲がったのはわかっている。

交差点まできた。息が切れはじめていた。

「浄正橋」

信号機にそう標示板がさがっている。

今まで並行して走ってきた道路が、さらに巾のある大きな幹線道路とぶつかっていた。

「国道二号線」とある。左方向は「梅田《うめだ》」となっていた。

（タクシーは）

そう考え、目前の国道二号線を見やった坂田は心の中で呻《うめ》いた。

大渋滞《だいじゅうたい》である。東京のラッシュにも負けず劣らない大渋滞の道が目の前にはあった。

トラック、バン、ワゴン、乗用車、バイク、とにかくぎっしりと、見渡す限り連《つ》らなっている。もともと交通量の多い道なのだろうが、夕方の五時を過ぎ、ラッシュアワーのまっただ中にあった。

坂田は走りながら、これから向かう方角を見やった。黄色みのさしはじめた光の中で、スモッグにかすんだビル群が正面にあった。

立体交差する高速道路が彼方《かなた》をよぎり、その向こうにぎっしりと方形の窓が並んだ高層ビルがある。そのビル群をめざし、なだれこむように、渋滞する車が列を作っているのだった。

クラクションが鳴り、どこからか建築工事のリベットを打つ音が降ってくる。立ち往生《おうじよう》を余儀《よぎ》なくされた自動車のエンジン音が幾重《いくえ》にもかさなって、巨大な振動音となって坂田の耳に襲いかかってきた。

自転車の男は、二百メートルほど先を走っていた。左手には寺があり、それにあわせたような石材屋が建っている。道はところどころ道路工事をしているのか、黄色い金網を張った防御板がガードレールのかわりに立っていた。

「おい！　おーい！」

声がかき消されるのはわかっていたが、それでも叫ばずにはいられずに、坂田は怒鳴った。

走る。渇きかけた喉《のど》に生唾《なまつば》を送りこみ、鼻から荒い息を吐きながら走る。

歩道はところどころ、道路工事のために狭くなっていた。そのため自転車に乗った男は、反対方向からやってくる歩行者をやりすごそうと、片足を地面について待ったりしている。

坂田の上着の前がはだけ、ネクタイが口にはりついた。それを手で払うと今度は首のうしろになびいた。汗が首すじを流れた。

男との距離がちぢまった。男はそれほど急ぐようすもなくペダルをこいでいる。

五十メートルまでくると、自転車の前につけたカゴに、無雑作《むぞうさ》に坂田のアタッシェケースがさしこまれているのが見えた。

「おーい！　あんた！」

坂田は怒鳴った。それがまちがいだった。

声が聞こえたのか、男がきた道をふりかえった。

男の目が丸くなった。驚いたような、怯《おび》えたような顔になる。そして次の瞬間、全速力でペダルをこぎ始めたのだ。

「待てっ、おーい！」

今度は男の方も必死だった。ハンドルを握った両肘をつっぱり、ま正面を見すえて、頭を低くしている。そしてときおり、首をねじっては、恐怖に似た表情で坂田の方をふりかえる。

「待てっ」

(かっぱらいだって、叫ぼうか)

心の中で坂田は迷っていた。そのとき、歩道のくびれたところで、サラリーマン風の男とぶつかった。肩どうしが当たり、つきとばすような格好になった。

「痛たっ」

四十くらいの、眼鏡をかけた相手が尻もちをついた。その連れらしい、やはりスーツを着た男が坂田をにらみつけた。

「乱暴すんなよ、おい」

「す、すいません。か、かっぱらい追っかけていたもんですから」

「かっぱらい?」

身を起こした男が顔をしかめ、坂田を見つめた。

「あの、自転車の男なんです」

坂田は説得するように指さした。本当は一刻も早く追跡を再開したかったのだが、この二人連れが道をふさいでいた。

「わからんことというとんなよ」

尻をはたき、いまいましそうに男は吐きだした。

「本当なんです」

「なんですて、東京もんか、あんた」

「そうですけど……」

チッと男は舌打ちした。

「はよ、いけや！」

頬をゆがめるようにしていう。

「すいません」

坂田はもう一度頭を下げ、ふたりの間をすりぬけた。

再び走りだしたとき、背後の方で、

「ワケのわからんガキや、ほんまに」

男たちのどちらかがいうのが聞こえた。

坂田はぐっと頬をふくらませた。

(ワケのわからんのはどっちだ)

自転車の男との距離は再び百メートル以上開いていた。

（もう声はださないぞ。追いついてひきずり倒してやる）

やがて高速道路の高架が近づいてきた。二本に分かれている。「オートバックス」の巨大なマークをつけたビルが右手にある。手前には、背の高い電波塔を備えた近代的な建物だ。

歩道の巾がぐっと広がり、両側のビルの密度が高くなった。

自転車をこぐ男と坂田の距離はちぢまらなかった。しかし開くこともない。

それは男が車道を走れないことが原因していた。

平坦《へいたん》な道を走るとすれば、自転車は圧倒的に有利だが、平坦路である車道は、道巾《みちはば》いっぱいにぎっしりと渋滞の車が止まっている。

したがって歩道を走らなければならず、段差や、横に広がって歩いてくる歩行者とぶつからないために、ときおりブレーキをかけなければならないのだ。

たまたま通行人のまばらになる直線路に入ると男はスピードをあげ、坂田との距離があく。しかしすぐにブレーキをつかうので、そのあいた距離はちぢむのだった。

「浄正橋」の交差点を曲がってから、五百メートル以上を、もう坂田は走っていた。さすがに口で息をしなければならないほど、呼吸は荒くなっている。

（どこまでいく気なんだ）

ビル街に入り、通行人の数が増えはじめてから、自転車のスピードも落ちていた。ただし、追う坂田の方も疲れで足が遅くなっている。

やがて、左手から正面にかけて巨大なビルが見えてきた。

「梅田」という地名があちこちで目につくようになる。

梅田というのが、東京なら銀座《ぎんざ》に匹敵《ひってき》するような、中心街であることを、ガイドブックからのかすかな記憶が坂田に教えた。

喉が音をたて、耳の奥で共鳴している。もう、飲みこむ生唾もでなかった。

「桜橋」と表示された大きな交差点が見えてきた。自転車の男は、その角に建つ銀行の前にさしかかっている。

男がふりかえった。坂田はまっすぐに男めざして走っている。

男は不意に自転車を倒した。倒れた自転車は、ベニヤ板を組みあわせて作った屋台《やたい》にぶつかるように、歩道をすべっていく。

ガシャンという音に通行人が立ち止まった。男の手が坂田のアタッシェケースをつかんでいた。

屋台には「みがき」とひら仮名で大書された看板が立てかけられている。アタッシエケースを抱き、切羽《せっぱ》つまった目で坂田の方を見やってから、男は身をひるがえした。

屋台の先に、地下道の入口があった。その階段を駆けおりたのだった。

「地下鉄　西梅田《にしうめだ》駅」

地下道の入口にはそう記されていた。

## 2

男が地下道の入口に消えてから二十秒とたたないうちに、坂田は階段を駆けおりていた。

階段を下って少しいくと、地下道は横に広がり、ふたまたに分かれた。

左手は「地下鉄西梅田駅《にしうめだ》」と書いてあり、改札口が見える。正面には、まっすぐに地下道がのびていた。角には本屋があり、立ち止まった坂田の耳に、聞き覚えのある電子音がとびこんできた。

パチンコ屋だった。地下街の中にパチンコ屋があるのだ。驚きを感じながらも、

(どっちだ)

坂田は左右を見比べた。そのとき、細長くのびた地下道の先の方で、ちらりと白いシャツの背中が見えた。

顎《あご》の先からしたたる汗をぬぐい、坂田は駆けだした。

そこは、ビルの地下に作られた飲食店街だった。が、縦横に道は広がらず、ただ一本にまっすぐのびている。しかも、その巾《はば》は決して広くない上に、左右に、居酒屋《いざかや》、小料理屋、ソバ屋、ラーメン店などがぎっしりと軒《のき》をつらねていて、ビルの中ではなく、どこか盛り場の裏通りにある小路《こうじ》に迷いこんだような錯覚を坂田は覚えた。梅田《うめだ》界隈《かいわい》で働く人々にとっては、勤め帰りに軽く喉《のど》を潤《うるお》したり、食事をとる、東京でいえば、有楽町《ゆうらくちょう》や新橋《しんばし》のガード下にあたるような大衆的な店ばかりのようだ。

魚を焼く匂いが、鼻にさしこんできた。炉《ろ》ばた焼屋から、もれだした煙が霧のように通路にたちこめ、居酒屋から溢《あふ》れでた客たちがコップを手に談笑している。

まっすぐにのびた通路は、飲食店街としてだけでなく、〝道〟としての役割も果たしていた。多くの人がその中を、両方向にいきかっている。

ビルの地下ならば、いずれはつきあたる筈《はず》だ、そう思いながら坂田は追いかけていた。

が、途中、短い階段をのぼることはあっても、通路はどこまでもまっすぐにつづいていた。それとともに、左右に建つ店も、飲食店だけでなく、マッサージ店、床屋、ディスカウントショップ、タオル屋、洋服屋、スポーツ用品店、ゲームセンター、金券ショップなどが混じりだす。

特に金券ショップは、十軒に一軒のわりあいで建っているのではないかと思うほど多い。

同じところをぐるぐる回っているのではないかとすら、坂田には思えてきた。

(どうなってるんだここは)

まっすぐな通路には、ときおり横道がある。そこへさしかかるたびに、坂田は男がそちらに曲がらなかったかを確かめた。二人の間隔はもう二十メートルと開いていなかったが、あいだをいきかう通行人の中に、男の背が吸いこまれてしまうのだ。

(必ずつかまえてやる)

いつものあきらめは、まだ坂田の心に芽生《めば》えていなかった。この迷路のような地下街で人の助けを借りようとも思わない。暴力的なたちではないが、今だったら、追いついたら馬乗りになりポカポカ殴ってやる。

男は、自分をまこうとして、この地下街にとびこんだにちがいない。

(くそ、大阪になめられてたまるもんか)

坂田は歯をくいしばっていた。ワイシャツの背中がべったりと汗でへばりついている。上着にまでしみでているにちがいない。替えのシャツも、目の前を逃げる男がもったアタッシェケースの中だ。

「駅前第三ビル」という表示が見え、坂田はこの地下街の構造を悟った。確か、今まで走ってきたのが「駅前第二ビル」で、パチンコ屋の先が、「駅前第一ビル」だった。三つのビルが縦につながり、地下道がまっすぐ貫いているのだ。その長さは、五百メートル近いだろう。

息があがっていた。足がもつれそうになる。が、前をいく男も同じようにへたばっている筈だ。

男の背がふっと視界から消えた。同時に、通行人がさっと割れた。転んだのだ。アタッシェケースが男の手を離れ、音をたてて通路の床をすべっていく。

（今だ）

最後の力をふりしぼって坂田はスピードをあげた。

男は通りすがりのサラリーマンらしい男に助けられ、よろよろと立ちあがったところだった。その五メートルほど先で、別の通行人がアタッシェケースをひろいあげている。

泥棒――そう叫んでやろうと坂田は息を吸いこんだ。が、喉が詰《つ》まり、むせて咳《せき》こんだ。

立ちあがった男が坂田をふりかえった。ふたりの距離は、二、三メートルにまでちぢまっていた。

男は必死の形相《ぎょうそう》だった。不意に助けおこしてくれた男の腕をつかみ、坂田の方へつきとばした。

助けようとしていたのが、突然つきとばされ、そのサラリーマンは坂田に向かって泳ぐような格好で倒れこんできた。勢いもあり、とっさによけられるほどの体力が残っていなかった坂田は、もろにサラリーマンとぶつかった。サラリーマンの左肩が坂田の顎にしたたかに当たり、しかも相手の体を受けとめるように、坂田は仰向《あおむ》けに倒れた。右手をうしろにつきだしたものの、二人分の体重は支えきれず、腰を打って、坂田は呻《うめ》き声をあげた。

男は、できごとに立ちすくんでいるアタッシェケースを拾った若い女に突進した。その手からもぎとると、今度は坂田の方をふりむかず走りだした。

「あ痛《いた》あー、何や、あいつ……」

呻きながら、サラリーマンが体を起こした。一瞬、めまいのした坂田は両手を床についで立ちあがった。

「大丈夫か、あんた。すまんことしたな」

坂田は無言で首をふった。ここであきらめてたまるか、という思いがあった。

よろめくように走りだす。

「あんた、ちょっとあんた——」

声をかけられたがふりむかなかった。前へ進む、男に追いつくことだけにエネルギーをとっておきたい。

地下道の通路は、その少し先で、ようやくつきあたりになっていた。右にいけば地上、左に向かうと「地下鉄東梅田《ひがしうめだ》駅」とある。

あの男はどっちにいったろう。

賭けだった。

(左にいこう)

坂田は左に向かって走りだした。

少し走ると、地下街の様相がかわった。通路の巾《はば》が広くなり、書店や、高級洋品店、カフェテラスなど、若者向きの華やかさのある雰囲気の店が多くなってきた。しかも、交差する通路が何本もあって、どちらにいけばよいかわからない。

(とにかくまっすぐだ)

泣きたいような気持になりながら、早足で歩くくらいのスピードで坂田は駆けつづけた。

若者向けの洋品店が並んでいる。デパートが隣接しているらしく、「阪急」「大丸《だいまる》」「阪神」といった百貨店の矢印がある。

やがて正面方向に、「地下鉄梅田駅」という表示が見えてきた。

(どうなってるんだ)

確か地下にとびこんだところには「西梅田駅」の表示があり、少し手前には「東梅田駅」があった。今度は何もつかない、ただの「梅田駅」だ。三つの地下鉄の駅が、すべて地下道でつながっているのか。

さすがにあきらめの気持が生まれていた。この人混みと、広大な地下街の中で、あの男を捜しだすのは、いくら何でも、もう無理だ。

「地下鉄梅田駅」に近い、通路が交差する広くなった部分で、坂田は立ち止まった。自分の目がうつろになっているのがわかる。

しゃがみこみたいのをこらえながら、肩で息をしてあたりを見回した。

(駄目だ……)

そのとき、梅田駅の切符売場に、白いシャツのうしろ姿が見えた。自動券売機の前を離れ、改札口に向かおうとしている男の姿が、いきかう人々のすきまから、ちらりとのぞいたのだ。

（いた！）

坂田は走りだした。顎があがり、両手をわきにたらしたまま、つんのめるようにして進む。

男は改札をくぐると、ホームに降りる階段に向かっている。夕方のラッシュを迎え、階段へは大量の人の波がおしよせていた。

坂田は手近の券売機に走りよった。定期を使う人が多い時間帯だからか、券売機はそれほどこんでいない。

二人ほど順番を待ち、券売機の前に立つ。

値段のついた押しボタンが並んでいた。男がどこまでの切符を買ったのかはもちろんわからない。

坂田はスラックスのポケットから入っているだけの硬貨をひっぱりだした。百円玉が二枚に五百円玉が一枚、あとは十円玉だった。

とりあえず百円玉を投入口におとしこんだ。手がふるえ、二枚目がなかなか穴に入らない。

ボタンのランプが点《とも》ると、二百円区間を押した。釣《つ》りを拾う時間が惜しかった。切符をとり、改札に向かった。自動改札機だった。

改札口をくぐると、人の流れにさからって急ぐことが難しくなった。それでも前に前にでようとしながら、地下鉄のホームに降りる。

「地下鉄御堂筋《みどうすじ》線」という看板がさがっていた。「千里中央《せんりちゅうおう》方面」と「なんば・天王寺《てんのうじ》方面」の左右に分かれている。

階段を半ばまで下ったところで地下鉄の列車が片方のホームにすべりこんでくるのが見えた。待ちうけていた人々がどっと列車に押しよせた。

その中に、あの男の姿があった。

「すいません、すいません」

叫びながら、坂田は階段を降りた。列車が扉を開き、人々がどっと吐《は》きだされた。だが入れちがいに乗りこむ人の数はもっと多い。

「すいません」

けんめいに階段を降り、人々をかきわけ、列車に近づこうとした。列車は完全に満員状態になっている。

「乗りまーす、乗りまーす」

坂田は叫んで階段の最下段から突進した。

発車のブザーが鳴り、扉が閉まりかけた。間一髪、坂田は自分の体を押しこむように、もっとも近い車両の入口にとびこんでいた。

地下鉄が発車した。坂田の体は閉まった扉にぴったりと押しつけられ、指一本動かせないありさまだった。

これではとても男をつかまえられる状況ではない。男が乗っている車両は、坂田がとびこんだものより、二、三両、うしろだった。その車両に移動することすら、走っているあいだは無理だ。

「つぎは、よどやばし、よどやばし……」

車内にアナウンスが流れる。

男がどこの駅で降りるのか。それすら知るのは難しい。

坂田は、今、この列車が大阪のどちらに向かおうとしているのか、まるでわからずにいた。

頭の中で、きのう漠然《ばくぜん》と見た大阪の地図を思いうかべる。

梅田は確か大阪駅とくっついていた筈だ。ガイドブックの注意事項として、ＪＲの大阪駅が地下鉄だと梅田駅になるのでまちがえないように、とあった。

その梅田は、大阪市の全体図の中では、中央よりやや上、つまり北よりにあった。とはいえ、この列車はどの方向に向いているのか。

坂田は首をねじった。東京の地下鉄や鉄道では、出入口の扉の上に、よく路線図が貼《は》ってあることがある。それを捜したのだ。

あった。

それによると、坂田が今乗っているのは、地下鉄御堂筋線の下りだった。この先、アナウンスのあった「淀屋橋」「本町《ほんまち》」「心斎橋《しんさいばし》」「なんば」「大国町《だいこくちょう》」「動物園前」「天王寺《てんのうじ》」などへと向かっている。

列車がその「淀屋橋」のホームにすべりこんだ。

扉が開く。

坂田は率先《そっせん》して降りた。そうしなければ、降りようとする人を通せないだけでなく、あの男がどこで降りるかを見きわめられない。

(あの男が乗った車両にいこうか)

一瞬考えたが、思い直した。あの男は、今は逃げおおせたと安心しているにちがいない。同じ車両に移ったからといって、このスシ詰め状態では、とてもとりおさえることはできそうもない。かえって気づかれ、警戒心をもたれるか、反撃をうける可能性の方が高かった。

坂田は男に対し、あまり恐怖感を抱いていなかった。男は坂田よりも十センチ近く小柄で、見た目にも弱々しい。年齢も坂田の方が十近く若いだろう。

男がこちらに気づく前にとびかかれば、何とかなる、という自信がある。それにそのときは、

「泥棒！」と大声で叫んでやるつもりだった。

男が坂田を見る目がひどく怯《おび》えていたことも、坂田に勇気を与えていた。

大阪のこの連中がその騒ぎにどういう対応を示すかはわからないが、たとえ自分ひとりでも、男はつかまえるつもりだ。

幸いに上がっていた息も元に戻りつつある。

発車ブザーが鳴り、坂田は再び車内に戻った。男が降りたようすはなかった。

扉が閉まり、発車する。

「つぎは、ほんまち、ほんまち……」

アナウンスが流れた。淀屋橋ではそれほど乗客が降りず、新たに乗りこんだ乗客でかえって列車は混んでいる。

再び扉に張りつくようにして、坂田は列車が次の駅、「本町」に到着するのを待っ

た。

「淀屋橋」と「本町」のあいだはひどく短かかった。

扉が開き、坂田はホームにでた。ここでも男は列車を降りなかった。

ブザーが鳴り、乗りこむ。扉が閉まってから、坂田ははっとした。

梅田をでてからここまで、開く扉はすべて同じ側、すなわち進行方向右側だった。だがずっとこちら側とは限っていないのだ。

もし次の駅「心斎橋」が反対側だったら。

今の坂田の位置では、乗客をかきわけて、まっ先に降りるのはむずかしい。だがまっ先に降りなければ、男が降りたのかどうかをこの目で確認ができないのだ。

(頼む、こちら側であってくれ)

坂田は心で祈った。次がこちら側だったら、やむをえない。男と同じ車両に移るつもりだった。

そう思うと緊張がこみあげてくる。今までは走って追いつくことに全力を傾けてきたので、こうした余分な考えは浮かばなかった。

「つぎは、しんさいばし、しんさいばし……」

ひいていた汗が再び、坂田の背中にふきだした。

列車がホームにすべりこむ。

坂田はほっと息を吐いた。

「心斎橋駅」のホームは今までと同じく、右側だったのだ。

列車が停止し、扉が開いた。今までの駅とちがい、どっと乗客が降りた。

坂田はその波に押されるようにして、ホームの中ほどまで退いた。背のびをして見やった。あの男の姿は見えない。

ブザーが鳴った。降りる乗客も多かったが、乗りこむ客も多い。

坂田は急いで二両うしろの車両に向かった。乗りこむ列の最後尾に並び、ようやくその車両に乗ることができた。

が、その車両も満員で、たぶん同じ車両に乗っている筈の男の姿を見てとることはできない。

列車が走りだした。

「次は、なんばぁ、なんばぁ」

坂田はすぐ近くに立っていた、ジーンズ姿の若者に訊《たず》ねた。

「『なんば』の出口はどっちですか」

「は？」

二十くらいの学生風の若者は、きょとんとした顔をした。

「扉が開くのはどっち側ですか？」

若者は瞬《まばた》きした。

「さあ……」

途方《とほう》に暮れたように首をふった。

(鈍い奴だな)

坂田は舌打ちしたくなった。そのとき、かたわらに座席にすわってスポーツ新聞を広げていた五十くらいの男がいった。

「こっちゃ」

「こっちゃ？」

「こっちゃや。『なんば』までずっと右《みぎ》っ側《かわ》や」

「どうも」

男は坂田をおかしそうに見た。何かいいたげな顔をしている。が、坂田は無視することにした。

(ここで大阪人と言葉の問題で議論をしているヒマはないんだ)

列車が「なんば駅」に入った。再びどっと人が動く。

扉が開き、坂田は押しだされた。入れかわろうとする人波にはさまれて、坂田は背のびをした。

いない。まだ降りないのか。再び、車内に戻ろうとしながら、坂田は後方の出口階段をふりかえった。

はっとした。

階段をのぼっていく白いうしろ姿が見えた。ブザーが鳴り、乗りこむ人々が扉に向かった。

「すいません」

あわてて、その流れに逆らい、坂田はホームに戻ろうとした。人波を押しかえす格好になった。

「チッ」

「なんや」

あからさまに白い眼が坂田に向けられた。それでも身をよじり、両手でかきわけ、扉が閉まる寸前にホームにとびでた。

大急ぎで階段めがけて進む。

階段を駆けのぼり、男の姿を捜した。改札口のはるか向こうに白いシャツが見えた。地上にでる階段をめざし急ぎ足で歩いている。

坂田は走った。自動改札機に切符をさしこむ。一瞬緊張したが、改札機は、二百円の切符に異議を唱えることなく、扉を開いた。

男がのぼった階段に走りよった。

地上にでた。

いきなり雑踏《ざっとう》と車の流れが目にとびこんでくる。こちらに向かって走ってくる五車線もの広い道路、そのすべてが同じ方角、つまり一方通行だ。

銀行や証券会社などのオフィスビルが建ち並び、おおぜいの人々が忙しくいきかっている。

坂田はあたりを見渡した。前方の歩行者用信号が赤にかわり、どっと車が走りだす。そしてその道の向こうを、右に向かって歩いている男の姿が見えた。

男は広い一方通行の道から遠ざかるように、交差するもう一本の広い通りぞいを右に歩いていた。その広い通りには高速道路の高架《こうか》が走っている。

信号がかわるのを、まだかまだかと、坂田は待った。地下道もつながっているのだろうが、男から目を離すのが恐かった。

その男が左に折れた。広い一方通行路と並行している、商店街のような通りに入ったのだった。

その通りは、東京の銀座《ぎんざ》や新宿、渋谷といった盛《さか》り場ではまず見かけないような、小さな店が左右にぎっしりと並んだ屋根つきのアーケードだった。

雰囲気は、中野のブロードウェイ、あるいは、上野や浅草《あさくさ》といった感じだ。小さな規模のものなら、東京の私鉄沿線の駅ふきんでいくらでも見かける。

ようやく信号がかわり、坂田は横断歩道を走って渡った。渡り終えると右に折れる。

商店街の入口にきた。まっすぐにのびるアーケードが見えた。

喫茶店、レストラン、洋服店、電器屋、レコードショップ、本屋、ひとつひとつの店は、本当に下町の商店街とかわらない。だが、まっすぐにどこまでものびているように見える。

「戎橋筋商店街《えびすばしすじ》」

アーケードの入口にはそう看板がある。

坂田は商店街を走った。もうすぐ男に追いつく――そう確信していた。

だが――

まっすぐにのびるアーケードを走りぬけ、運河のような川につきあたるまで走っても、男の姿はなかった。

(どこかの店にでも入ったのだろうか)

アーケードには交差する横道が何本も走っている。そのどれかを曲がったのかもしれなかった。

あせりに坂田は唇をかんだ。ここまで追ってきたのに、という悔《くや》しさが胸の中で煮《に》えたぎっている。

追いこしてしまったのか。それとも――。

坂田は運河にかかった橋の方を見やった。夕暮れが近づき、あたりを埋めつくした飲食店のネオンに灯が点りはじめている。

コーラ、乳製品、ポテトチップ、映画の看板、巨大なカニの人形、ビール……。そのようすは、渋谷の道玄坂《どうげんざか》の入口のようでもある。そういえばあたりを歩く人々は、アベックを含め、坂田と同じくらいかもっと若い人間ばかりが目につく。

所在《しょざい》なげに運河にかかった橋の欄干《らんかん》にもたれ、水中ライトが光を放つ川面を眺めている若者が多い。中には高校生にしか見えない髪の長い少年たちがナンパでもしかけるつもりか、やはり高校生のような、制服を着た娘たちに話しかけ、足を止めさせている。

運河の水中に沈められたライトは、黄色や赤などのカラーで、きれいとも思えない水の色をかえ、さらに運河ぞいに建つ飲食店のネオンがそれに加わって、キラキラと反射している。

若者の集まる盛り場に特有の、むっとするような熱気とどこか華《はな》やぎ浮わついた空気が坂田を包んでいる。

そのあたりでは、誰もが家路を急いでいるというよりは、これからの夜をどう過そうかという期待に満ちた足どりで歩いているように見えた。

「一粒三〇〇メートル」、日の丸を背負ったランナーの、グリコの看板が輝いている。そのすぐかたわらに交番があった。今度は制服を着た巡査の姿が何人も見える。

が、

(もう遅い)

坂田は思った。

まちがいなくここは盛り場だった。それも、新宿や渋谷に匹敵《ひってき》するような盛り場だ。ネオンの数、店の数、人の数を見れば、いくら大阪を知らない坂田でもわかる。

これだけの数の人、店の中から、いくら警察でもたったひとりの男をひと晩のあいだに捜すことなど不可能だ。

坂田は絶望にしゃがみこんだ。

が、多くの若者が坂田と同じように、橋のたもとでしゃがみ車座《くるまざ》になっているここでは、誰も坂田のそんなようすを気にとめない。

楽しげなアベックが、グループが、いきかっている。

坂田はのろのろとジャケットのポケットに手を入れた。固く細長いものが手にふれた。ひっぱりだすと、ついさっき将棋会館で買った坂田三吉の扇子《せんす》だ。

だがこの扇子のおかげで、アタッシェケースを奪われたと思うと、運河に投げこんでやりたいような気分だった。

扇子を反対のポケットに移し、煙草《たばこ》をとりだした。喉がひどく渇いていたが、今は一歩も動きたくはない。

マイルドセブンに火をつけ、重く深い息とともに煙を吐いた。

歩きすぎるすべての人が、幸福そうに見えた。今この瞬間、大阪で俺ほど絶望している人間はいない――そうとすら思えた。

陽気な、甲高《かんだか》い、関西弁が耳にとびこんでくる。

――そんなん、いうたかて……。

――いやー、うそぉ。

——アホちゃうか、お前、やめとけよ。

——はよ、いこ！　はよお。

笑いがあちこちで弾《はじ》けている。

（大阪なんて、ろくでもない街だ）

煙草をフィルターぎりぎりまで吸うと、踏み消し、立ちあがった。

のろのろと、もときた「戎橋筋商店街」をふりかえった。

橋の向こうに目を移す。橋の向こうは「心斎橋筋商店街」だった。

坂田はどきっとした。その「心斎橋筋商店街」のすぐ入口左側にゲームセンターがある。そこから見知らぬ男が、坂田が奪われたのとまったく同じ、ジュラルミンのアタッシェケースを手にして現われたからだった。

奪った白シャツの男とはちがう。今度の男は、シルバーグレイのスーツにネクタイをしめていて、頬にひどいニキビの跡を残した、二十七、八の、背の高い人物だった。

パンチパーマこそかけていないが、目つきの鋭さといい、肩をつきだすような歩き方といい、カタギには見えない雰囲気がある。

男はゲームセンターをでると、まっすぐに坂田の立つ橋の方に向かって歩いてきた。金縛りにあったように見つめる坂田の前を歩きすぎ、「戎橋筋商店街」の中に入っていく。

（どうしよう）

同じアタッシェケースだからといって、坂田のものとは限らなかった。あのタイプは日本中で売られている筈だ。

声をかけ、中を見せてくれと頼むか。だが相手はやくざのように見える。トラブルになるのは必至《ひつし》だ。

あとを追うか。だが追ってどうなる。あのアタッシェケースが坂田のものと決まったわけではないのだ。

あいにくアタッシェケースは買ったばかりで、目印になるような傷やへこみもなく、イニシャルを貼ってもいない。

ひったくって逃げるか。坂田は唇をかんだ。もし人ちがいだったら、ひどいことになる。よくて警官につかまるか、悪ければそれこそ袋叩きだ。

——大阪はやくざのメッカだからな。遊ぶときは気をつけないと。

木村係長の言葉が耳によみがえった。

坂田は目をみひらいて、男の歩き去った方角を見やった。その背中はもう、雑踏にのまれている。

我にかえった。ここでぼうっと立ちつくしていてもどうにもならないのだ。とにかく、あの男を追ってみよう。

決心して、「戎橋筋商店街」に戻った。走って男を追う。

商店街の道が交差する広くなった場所で、坂田は立ち止まった。

男の姿を見失ったのだ。

「大阪名物　くいだおれ」「金龍《きんりゅう》ラーメン」

人々のむらがる店のネオンが目に入った。が、男はまっすぐには商店街を進まず、左右どちらかに曲がったようだ。人通りはさらに増え、けんめいに目をこらしても、シルバーグレイのスーツの姿は見あたらない。

(しまった)

坂田は唇をかんだ。唯一のチャンスを逃してしまったかもしれない、と思った。もうこれでアタッシェケースを取りかえす可能性は完全になくなった。

(待て、考えろ、考えるんだ。あきらめるな)

自分にいい聞かせた。本当に駄目なのか。まだどこかに可能性は残されているのではないか。

顔をあげた。

（ゲームセンターだ）

もしあのやくざ風の若い男が、白シャツの男からアタッシェケースを受けとったとするなら、あのゲームセンターかもしれなかった。とすれば、白シャツの男は、まだそこにいるかもしれない。

坂田は走りだした。「心斎橋筋商店街」の入口にあるゲームセンターまでとって返した。

ゲームセンターの正面には、ヌイグルミを釣る「ＵＦＯキャッチャー」がすえられていた。高校生らしい女の子の集団がとりつき、キャーキャー騒いでいる。

その間をぬって、坂田は店内に入った。

バイクやレーシングカー、戦闘機などの操縦マシンが並んでいる。坂田と同じ年くらいの若いサラリーマンや、ジーンズの学生風の若者がとりついていた。爆音やサイレンが耳をつく。

白シャツの男の姿はなかった。

奥に階段があった。地下にも店はあるようだ。

坂田は階段を降りた。

一階とちがって、地下は静かだった。テレビゲーム機がずらりと並んでいる。麻雀やテトリス、ストリートファイターIIなどだ。

客も、髪を染めた若い女がひとりだけ、煙草を横ぐわえにしてストリートファイターIIにとりついているにすぎない。

階段を降りきったところで、坂田は店内を見渡した。奥に仕切りをつけた壁があり、両替所になっている。内側は、坂田の位置からは見えない。

「どや」

内側から男の声がした。女が顔をあげずに答えた。

「あかん。どないなってんのや、この機械」

「むずかしいやろ」

「アホくさなってくるわ」

ゲームが終わったらしく、女は舌打ちして操作レバーから手をはなした。

「こん、ドアホ」

低く吐きすてる。顔をあげ、坂田の方を見た。

いかにも気の強そうな顔だった。化粧《けしょう》も濃く、それほど濃い化粧をしなくても充分に見られる顔立ちでいながら、アイラインをくっきりひき、口紅にも強い赤をつけている。染めた髪はソバージュで、Vネックの胸ぐりの深いざっくりとしたトレーナーに、ジーンズをはいていた。

ゲーム機の上に、ヴァージニアスリムの箱と金のカルティエがあった。

女はちらりと坂田に目をとめ、それから横を向いた。灰皿においた煙草を口に運ぶ。

坂田はゲーム機をぬって、奥へ進んだ。両替所のかたわらにきて、首を回した。

あっという顔をして、カウンターの中にいた男が立ちすくんだ。白シャツに、さっきはつけていなかった黒いバタフライを結んでいる。

坂田も一瞬、動けなかった。目をいっぱいにみひらいて男を見つめた。

男はあとじさった。だがカウンターと仕切りの内側は人ひとりがすわればいっぱいになってしまうほどの奥行きしかない。

「返せ！」

坂田は叫んだ。同時に男にとびかかった。

「ちょ、ちょ……」

男の胸ぐらをつかみ、ゆさぶった。

「返せ！　僕のアタッシェケースかえせ！」

「な、何すんねん……知らん、知らんて」

「嘘つけ！　僕のアタッシェケースとったじゃないか、返せ！」

「離して、離してえな」

「じゃ返せ！」

坂田は男と激しくもみあった。男は恐怖からか顔面を蒼白《そうはく》にし、目をとびださせそうなほど大きくみひらいている。

「乱暴はやめ、乱暴は――」

「うるさい！　返せ！」

「何してんの！　あんたら！」

鋭い声が浴びせられ、坂田は手を止めた。女の声だった。男はそれを機に坂田の手をふりほどいた。

坂田は背後をふりかえった。ゲーム機にいた女が両手を腰にあてがい、仁王《におう》立ちになっていた。きつい目で坂田をにらみ、いった。

「何やねん、あんた」

坂田は大きく息をして、女と白シャツの男を見比べた。

「被害者だよ」

言葉がでた。

「何の」

女が訊ねる。

「置きびきだ」

「知らん、知らんて、わし！」

男がカウンターの奥で叫んだ。

「まだ嘘つくのか。警察いこう、警察」

「待ち」

女がいった。

「どこで何とられたん」

「将棋会館で銀色のジュラルミンのアタッシェケースを」

「そんなんどこにある！　捜してみい」

男がいった。

「さっきこの店をでてった男がもっていった。シルバーグレイのスーツを着た、ヤクザみたいな奴だ」

「知らへんぞ、そんなもん。警察でも何でも呼んできたらええやないか」

男はしらばくれた。

「ようし」

坂田は腕をくんだ。

「まあ待ち」

女がまたもいった。

「何が入ってたん、そん中」

坂田は女を見た。

「君には関係ないだろう」

女の目がぱっときらめいた。怒りの炎がスパークするようなきらめきだった。

「あんた、東京の子やな」

「だからどうしたんだ！」

坂田は怒鳴った。

「東京の人間は、大阪じゃ人にものを盗まれても文句もいえないのか」

「誰がそんなこというてんねん。あんたがいうてた男、さっき確かにここにおったわ」

「な、何いうねん」

男があわてた。

「こ、こんな奴のいうこと信用すんのか」

「そやかておったやない」

女がぴしりといい、男は口ごもった。女は坂田の方を向いた。

「いらんせっかいする気ぃないけど、警察呼んでも、証拠あらへんよ」

「そや」

「黙っとき、あんたは」

女がまたも鋭くいった。

「困るんだ、あれがないと。明日の朝の会議に必要なものが入ってる。そのために東京から出張してきたんだ」

男がぎょっとしたような顔になった。

「な、何やて……」

女は男を見た。

「知っとんのやろ」

「いや……知らん」

男はあわてて首をふった。がその顔は明らかに動揺していた。

「どこにあるんだ、僕のアタッシェケース」

坂田は再びカウンターに詰めよった。

「知らん、知らんちゅうとるやないか」

「さっきの男はどこいったんだ？」

「知らんて」

男は顔をゆがめ、今にも泣きそうな顔になった。

「それなら警察いこう」

坂田は強い調子でいった。

「待ちて」

女が止めた。じっと坂田を見る。

「そのとられた鞄の中って、高いもん入っとったの？　お金とか」

「そうじゃない」

坂田は首をふった。

「僕の会社の製品だ。明日、こっちの支社の会議で説明につかう」

「それ高いもん？」

「お金じゃない」

坂田は唇をなめた。本当のことをどこまで話してよいか自信がなかった。

「新製品なんだ。まだ発売していない。だから……企業秘密になる」

「あんたの会社って？」

「ササヤ食品」

「『ササチップス』の？」

坂田は頷《うなず》いた。

「丸井《まるい》さんとこや」

女がいったので坂田は驚いた。丸井というのは、明日会うことになっている、大阪支社の宣伝部長だった。

「知ってるのか」

「うちの店のお客やからね」

女は短くいって、男に向きなおった。

「警察ざた、嫌《いや》やろ」

「あかん、あかん」

男は激しく首をふった。

「えらいこと、なってしもた」

いって急に震えだした。

「わし、逃げんと――」

カウンターをくぐろうとする。

「逃がさないぞ！」

坂田はその前に立ちはだかった。

「カンニンしてえな。わしこのままやと、えらいことになってまう」

「そりゃえらいことさ。あんたがしたのは泥棒なんだから」

「ちゃう、ちゃうて。そんなことやない。わし、このままやと大阪湾や」

(何をいってるんだ？)

坂田は男を見つめた。男は心底、怯えているように見えた。顔色が白くなり、唇がふるえている。

「さっきの兄《にい》さん、どこいきよった」

女がいった。男は激しく首をふった。

「いわれへん。いうたらえらいことになる」

「じゃ警察だ。ラチが明かない。警察いこう」

「わし何も喋《しゃべ》らんぞ。お巡《まわ》りきたら、何も喋らん」

「こいつ」

坂田はかっときた。男の首に手をのばす。が、男は首をしめられ、ゆさぶられてもテコでも動かない、という姿勢を示した。

「やめとき！」

女が坂田の腕をつかんだ。ひき離す。むっとして坂田は女をにらんだ。

「何で君はこの男をかばうんだ?!　君はこの男の女房なのか」

「ちゃうわ！　あたしかてよけいなおせっかいしとうない。そやけど警察呼んでもラチ明かへんよ」

女はつき放すようにいった。坂田は言葉に詰まった。

「なぜ」

女は肩をそびやかし、顎で男を示した。

「このおっさんかて、ズブの素人《しろうと》やあらへん。黙秘《もくひ》やったら、二日でも三日でも平気やろ。それに、警察より恐いもん控えとるみたいやし」

「警察より恐いもの」

坂田は女と男の顔を見比べた。女が男にいった。

「さっきの兄さん、極道《ごくどう》やろ」

男は無言だった。が、否定しないところを見ると、当たっているようだ。

「——おっさん、何ぞ、しくじったんとちがう？　この兄ちゃんの鞄、極道に渡しよったけど」

男は黙っていた。貝のように、一文字に唇をひき結んでいる。

「ええけどね」

女が冷たい口調でいった。

「この兄ちゃん、ここにおったら、おっさん逃げられへんよ。おっさんしくじったんやったら、さっきの極道、すぐ戻ってくるで」

男の目に動揺が浮かんだ。

「警察連れていかれたかて、おっさんだんまりしたら、三日か四日でカンニンしてくれるかもしれへんけど、極道、カンニンしてくれへんのとちゃう」

男の顔が崩れた。

「カンニンしてえな、頼む。この通りやさかい。カンニンしたってや」

突然、ぺこぺこと頭を下げた。

「まちがいやったんや。なあ、頼む。カンニンしたって」

坂田をおがんでいった。

「まちがいって、どういうことなんだ」

「わし、届けもんにいっただけや。頼まれて。あそこで、あんたのみたいな鞄、とってこい、いわれて」

「誰に」

「それ、いわれへん。いうたら、本当に殺《や》られてまう」

「なんで、僕のアタッシェケースを――」

「ちゃう。ちゃうって。別のもんや。別のもんがもってくる筈やったんや。あんたやのうて、別のもんのと……わし、まちがえてしもうたんや、きっと」

「じゃあ、なぜ逃げたんだ」

「サツや思うたんや。極道からんどるし。府警オトリ捜査やる、聞いとるし……。恐なって……」

坂田ははっとした。将棋会館のエレベーターでぶつかりそうになった男。坂田のと似たような、ジュラルミンのアタッシェケースをさげていた。

「――あの男とまちがえたんだ……」

坂田はつぶやいた。

「わし、それ知らんと、預かったもの、おいてきてしもた。バレたら、わし、しまいや。大阪湾、沈められてまうがな」

ガラスケースにおきざりにされていた黒革のセカンドバッグを思いだした。

「おかしい、思たんや。あんた、おらんくなってまうし。せやけど、もって帰らんとドヤされるし……」

男はべそをかくような表情でいった。

「何が入っとったん？」

女が訊ねた。

「知らん。ほんまや。知りとうもないし。ただ運びよっただけや」

女が坂田を見た。その目にはわずかに同情がこもっていた。

「あきらめた方がええわ。このおっさん、警察にサしたかて、戻ってきいへんよ。おっさん殺《や》られるだけやわ」

「あきらめられない。僕だって大ごとなんだ」

「そんなんいうたかて……」

男はカウンターの奥の椅子にすわりこんだ。

「警察に全部話せばいいんだ」

「あかんわ。殺して、いいにいくようなもんや」

「自業自得《じごうじとく》じゃないか!」

「待ちて」

女がいった。今度は少しやさしい口調だった。

「警察に全部話しても、このおっさん助からんわ。警察、このおっさんのこと一生守ってくれるわけやないし」

「だからってじゃあ、僕もいっしょに破滅しろっていうのか」

女は大きなため息を吐いた。男の顔をのぞきこむように腰をかがめる。

「おっさん、あの極道、どこいきよった?」

「知らん」

男は伏せた顔のままいった。

「教えたりいな。そしたら、おっさんこっから逃げたらええねん」

「知らんて。ほんまに」

坂田はどうしてよいかわからず、男を見おろしていた。男は本当に身の危険に絶望しているようだ。

「何ぞ、いうてへんかった?」

「野球の話だけや。阪神、どことや、いうて。それから、今日、日生《にっせい》、藤井寺《ふじいでら》、どっちやいうて……」

「阪神は今日、ドームやったね」

女は坂田を見た。巨人ファンの坂田は頷いた。今日は月曜だが、東京ドームで阪神と試合がある。

「そいで何いうたん？」

女が再び男を見た。

「日生は今日はあらへん。藤井寺で日ハム戦や、いうて」

男が答えた。

「そしたら、何ぞいうた？」

「そうか、藤井寺か。近鉄やな、と。それだけや」

女は頷き、顔をあげた。そして誰にともなく、ポツリといった。

「藤井寺球場や」

「藤井寺球場？」

坂田はくりかえした。

「たぶん、藤井寺球場いったんやと思うわ。あんたの鞄、そこでまた誰かに渡すんやわ」

「どうしてそんなことがわかるんだ」

「今、やあさん、ピリピリしとるで。警察、厳しなったから。ヤバいもんの受け渡し、いろいろ気い使うとるんやろ」

「でも、すぐにちがうって――」

いいかけ、坂田は口を閉じた。アタッシェケースの番号錠《じょう》は、合わせていない。簡単には開けられないだろう。

「どうしたん？」

女が訊ねた。

「アタッシェケース、鍵がかかってるんだ」

「どうせ開けへんわ」

女はあっさりといった。

「運び屋やろから。途中では絶対開けへん」

「詳しいな」

「何いうてんの。そんなん常識や。ミナミはやあさん、いっぱいおるから」

「――もうええか」

恐る恐る、男が顔をあげた。

「あの兄さん、どこの組や」

女がいった。

「知らん」

「知らんいうことないやろ」

「知らんて」

女は息を吐き、

「教えたり」

といった。

「——天保会《てんぽうかい》や」

「あかん」

女は顔をしかめた。

「そやろ……」

男は同情を乞《こ》うようにいった。

「武闘派やん」

女はぽつんといった。

「……いくら武闘派だって、いらないものはいらないさ。返してくれるかもしれない」

坂田はつぶやいた。自信はまるでなかった。

「藤井寺いくのん」

女が訊ねた。

「いくよ……。わけを話して返してもらう。あの男を見つけて」

「わし、ずらかるで」

坂田は男をふりかえった。切羽詰《せっぱつ》まった表情だった。

「行かしたりいな。警察にいったかて、戻ってきいへんから」

女が低い声でいった。

「兄さん、すまんことしたな」

懇願するように男がいった。

「あの極道、名前、何ていうねん」

女が訊ねた。

「長内《ながうち》さんや」

「ナガウチ……」

女はつぶやき、考えこんだ。

「ええか？　いってええか？」

男は坂田の顔をのぞきこんだ。坂田は仕方《しかた》なく、カウンターの前をどいた。

「おおきに。恩に着るわ。兄さん、おおきに」

男はカウンターをくぐると、脱兎《だっと》のごとく階段を駆けあがった。そのまま店をとびだしていってしまうようだ。

あとに、坂田と女がとり残された。

坂田は息を吐いた。腕時計を見る。六時を十分ほど回っていた。

「大丈夫や。試合、六時半からやから」

「ここから何分くらいかかるんだ、その藤井寺球場まで……」

「そうやね。地下鉄で天王寺までいって、阿部野橋《あべのばし》から近鉄だろうから……。三十分くらいやね」

「三十分か……」

坂田は階段の方へ歩きかけた。きっと駄目だろう、と思った。自分にも落ち度はあるのだ。木村係長に電話をしてわけを話し、あやまってしまった方がいいかもしれない。

「道わかるのん」

女がいった。坂田は足を止め、ふりかえった。

「いや。誰かに訊《き》くさ」

女は腰かけていたゲーム機から立ちあがった。うんざりしたような、迷っているような表情をしている。

「——連れてったろか」

「藤井寺球場まで?」

頷いた。

「そうや。あとは知らんけど」

すぐに言葉はでなかった。

「親切、なんだな……」

女はふんと笑った。

「アホ、なんやわ」

坂田は肩をすくめた。女は坂田のかたわらまで歩いてきた。右手にもった小さなポシェットに煙草とライターをしまい、肩に吊るす。

「大阪、初めて」

「ああ」

「そやろな。そんな感じや」

「どんな？」

「なんか気い張っとって。ナメられてたまるか、いう」

「僕が？」

坂田は少し驚いて、女を見た。女はすまし顔で頷いた。

「そうや。大阪もんは、もっとふにゃあっとしてるよ。自然で、力、入ってへん」

「そうかな」

「いこ」

女は坂田の肩を叩いた。

# 3

二人はゲームセンターの階段をのぼった。白シャツの男の姿は、もうどこにも見えなかった。

ゲームセンターをでた。暗くなり、運河にかかった橋には、さっき以上に若者が集まっている。

女が笑った。

「知っとる？　ここ」

「ここって？」

「橋や。戎橋《えびすばし》。通称『ナンパ橋』いうねん。ほら、皆《み》んな集まって声かけとるやろ。子供ばっかりやけど」

「『ナンパ橋』か」

「この川が道頓堀川《どうとんぼりがわ》や」

ふたりは橋にさしかかった。女が急に立ち止まり、坂田の方をふりかえった。

「名前、訊《き》くの忘れとったわ。あたし、橋崎真弓《はしざきまゆみ》いうねん。真弓は、阪神の真弓と同じや」

「坂田勇吉」

「えっらい古くさい名前やな」

「爺《じい》さんの名前もらったんだ」

「将棋さしみたいやない」

坂田は女を見た。その名前が結局は今夜のこのトラブルを招いたのだ。が、それを話してみても始まらない。女の大阪弁を聞いているだけで妙な腹立たしさがこみあげてくる。

坂田が黙りこんだのを気にするようすもなく、真弓と名乗った女はいった。

「えーわなあ、若い子らは」

「何が」

坂田はいった。

「毎日が楽しそうやんか。気にいった子おれへんか、いっしょうけんめいやし」

「ナンパなんて下《くだ》らない」

「あんた、ナンパしたことないの」

真弓はすっ頓狂《とんきよう》な調子で訊《たず》ねた。

「ないよ、そんなもの」

坂田は早足で歩きながらいった。

「東京じゃ今どき、道ばたでナンパする奴なんかいない」

「なんで。おもしろいやんか」

「ひっかかるようなのは、田舎の子ばっかりさ」

真弓は、はははと笑った。

「皆んな最初は田舎の子や。あんた東京にくる前はどこにおったの」

「僕はずっと東京さ。生まれたのも育ったのも東京だ」

「ふうん」

真弓はわざとらしく感心したような声をだした。

「気にいらないのか」

「なんで？　ええやないの、江戸《えど》っ子や。カッコええゆうて、モテるやろ」

坂田は思わず立ち止まった。

「そんなことで東京の子は近よってきたりしないよ」

「なんでやろ。お高いんやね」

「あのね——」

いいかけ、坂田は口ごもった。ゲームセンターでの会話で、この真弓が水商売——ホステスをやっているらしいことはわかった。どんな店のホステスかは知らないが、話し方を聞いている限り、高級なところとは思えない。

坂田自身、東京でクラブやバーといった類《たぐい》の店にそれほど足を踏みいれたことはなかった。広告代理店の人間に連れられて、銀座《ぎんざ》と六本木の店にいくどかいった経験があるにすぎない。若造《わかぞう》ということで、モテたという覚えもないし、真弓のように親しげに話しかけてくるホステスもいなかった。もし真弓が、坂田をモテると思うなら、それは真弓がいるような、場末《ばすえ》のキャバレーだかどこかの話なのだ。が、それをいえば、真弓を怒らせるかもしれなかった。

「——知らんよ」

結局、坂田はそう吐《は》きだした。

「こっから下降《した》りよ。地下鉄で天王寺《てんのうじ》までいくさかい」

気にするようすもなく、真弓はいった。

そこは、さっき坂田があがってきたのとは別の、地下街への入口だった。

ふたりは階段を降り、地下鉄の自動券売機の前に立った。地下鉄「なんば」駅の周辺は、多くの人がいきかい、ここが街の中心部であることをうかがわせた。

坂田が券売機に五百円玉を入れ、真弓がボタンを押した。二枚の切符と釣《つ》りがでてくる。

ふたりは無言で自動改札をくぐり、ホームへとつづく階段を降りた。

さほど待つことなく、地下鉄の車両がすべりこんでくる。それは、坂田が梅田《うめだ》からここまで乗ってきたのと同じ「御堂筋線《みどうすじ》」の列車だった。

大勢の人が列車を降り、入れかわりにふたりは乗りこんだ。車内は、すわれるというほどではないが、こんではいない。

吊り革につかまり、坂田は口を開いた。黙りつづけているのも不安がある。

「仕事は？」

「水商売や。ホステス」

真弓はあっけらかんと答えた。そんなことはわかっている、と思いながら、坂田はつづけた。

「今日はいかなくていいの？」

「今日は休も、思うてたん。きのう、子供連れて奈良《なら》までいったら疲れてしもて」

子供？　まさか真弓の子供ではないだろう。二十二、三にしか見えない。

「さっきのゲームセンターにはよくいくの？」

「たまに、やね。時間潰《つぶ》しや。お店があっこから近いから」

答えて、真弓は坂田を見た。

「何か疑《うたご》うてんの？」

「そうじゃないよ。あのおっさんのことを知ってるみたいだったから」

坂田は急いでいった。何となくだが、真弓は怒らせると手がつけられなくなるようなタイプの女の子に見えたのだ。

「あっこで何度か会うたよ。『どこ勤めとるん？』訊かれて、『凱旋門《がいせんもん》や』ゆうて……」

「『凱旋門』？」

「そういう名の店や。ミナミにある」

真弓は答えた。話している間にも、地下鉄は「大国町《だいこくちょう》」、「動物園前」といった駅を過ぎた。ひと駅、ひと駅の区間は、東京より短いようだ。

「次やよ」

真弓がいった。

「次で降りるの」

「乗りかえや」

列車が「天王寺」駅のホームにすべりこんだ。ここでも多くの人が降りる。どうやら天王寺から、他のＪＲや私鉄に乗りかえる乗客は多いらしい。

真弓にしたがって、坂田は階段をのぼり、改札口を抜けた。

「あっこで切符買《こ》うて」

地下道を少し歩くと、近鉄線の切符売り場と改札口が見えた。

「どこまで？」

「藤井寺《ふじいでら》や。今日、ゲームやっとるさかい、急行止まるやろ」

その言葉を聞くまでもなく、改札口の周辺には、赤、白、青のチームカラーが印刷された近鉄バファローズのペナントがずらりとぶらさがり、「ご声援を感謝します」という垂れ幕がはりだされている。ちょうど、池袋《いけぶくろ》の西武線の乗り場に雰囲気が近い。

券売機の前に立ち、坂田は、その駅名が「天王寺」ではなく「大阪阿部野橋《あべのばし》」であることに気づいた。いわば、地下鉄の「銀座」とＪＲの「有楽町《ゆうらくちょう》」がつながっているようなものなのだろう。

「藤井寺」までの切符を二枚買い、坂田は真弓のそばに戻った。「なんば」でもそうだったが、大阪の券売機には、東京のように長蛇《ちょうだ》の行列ができることがない。

「御利用ありがとうございまーす」

と口々にくりかえす改札係の前を抜け、二人はホームに入った。すぐ正面にキヨスクのような売店がある。

「喉《のど》かわけへん」

真弓がいった。売店の軒先《のきさき》には、金魚鉢を逆さにしたような、ジュースの冷却器がすえられていて、それを見た坂田はふと、懐しいと感じた。

「冷やしあめ」

黄色っぽい液体を中で噴きあげているガラスの冷却器に、紙が貼られている。

坂田の喉もからからだった。さんざん走って大汗をかいたのだ。坂田は頷《うなず》いて、売店に歩みよった。

「これ飲んでみ、おいしいよ。大阪の味や」

真弓が「冷やしあめ」をさした。売店には他にも、スポーツドリンクや牛乳、ジュース類をおさめた、東京とかわらない冷蔵庫がおかれている。

「おばちゃん、冷やしあめちょうだい」

真弓がいった。坂田は券売機に千円札をいれてでてきた小銭をさぐった。

「なんぼ？」

「ひとつ。あとフルーツ牛乳」

「はいよ」

紙コップに入った、薄黄色の液体と、フルーツ牛乳の壜《びん》がさしだされた。

坂田は紙コップを手にとり、中をのぞきこんだ。初めて見る飲み物だった。

「冷やしあめ」の冷却器の隣りには、濃い緑の液体を噴きあげている「グリーンティ」もあった。そちらの方がよかったかな、と思いながら、坂田は真弓に訊いた。

「君は飲まないのか」

「うち、こっちの方が好きやもん」

真弓はいって、これも坂田には懐しいと思える、肌色のフルーツ牛乳の壜を掲げた。

坂田は「冷やしあめ」を半分ほど飲んだ。

まずくはなかった。まずくはないが、妙に甘ったるい、気のぬけたジンジャーエール、といった味だ。

複雑な表情になった坂田を、真弓はにやにやしながら見つめた。

「どない？」

「何ていうか、変な味だ」

真弓はけらけらと笑った。フルーツ牛乳の残りをひと息で飲み干し、

「ごっとさん」

と空き壜を返した。坂田も残りを飲み下した。やはり口の中がべたべたする。

「子供の飲み物や。小っさい頃、母ちゃんに『冷やしあめ買うたるから、ゆうこと聞きや』て、よういわれたわ」

真弓がまだ笑いながらいった。

「東京にはあれへんのやろ」

「ない。初めて飲んだ」

坂田は何となくいっぱい食わされたように感じながらいった。

「ええ経験やんか。あんた食品会社つとめてるんやろ」

真弓は軽くいなした。この女と話していると、たいていのことは、とるに足らない日常のできごとになってしまう。

二人は止まっていた電車に乗りこんだ。今度はすわることができた。車内にも「近鉄バファローズ」のポスターがたくさん吊られている。

やがて電車が動きだした。

「どれくらいかかるんだ？」

「急行やからね。次の駅までや。十分ちょっとでいくわ」

車内は、やはりひどく混んでいるというようすではない。ほとんどがつとめ帰りと覚《おぼ》しい、サラリーマンやＯＬ風だった。これから野球観戦にいくといった、親子連れや団体は見あたらなかった。

「よくいくのかい、野球は見に」

「ときたま、やね。お客さんといったり、チビ連れてったり。すぐやからね、藤井寺なら。それに、今年は優勝あれへんから、すいとるし」

坂田の見たところでは、列車は、典型的な郊外電車だった。車窓からの風景は、ビル群がまたたくまに遠ざかり、新興住宅地のような家並みが、線路の沿道に並ぶ水銀灯の光に浮かびあがっている。

一瞬、ここが大阪ではなく、西武線や小田急線などに乗って東京の郊外にでかけていくかのような錯覚すら覚えた。

「あんたのとられたバッグて、目立つやろ」

真弓がいい、坂田は我にかえった。

「銀色のジュラルミンのアタッシェケースだ」

「それやったらきっと、すぐにわかるわ。日ハム戦なんて、人おらんよって」

「本当に？」

「安うけあいはできへんけど。たぶん大丈夫や。お客さんは一塁側ばっかりやろから。それにしたって、たいして多ないよ」

だが問題は、そのあとなのだ。球場でケースをもった男を見つけたら、人ちがいであったことを話し、返してもらわなければならない。そんなことが、果して可能だろうか。

坂田の考えを見こしたように、真弓がいった。

「警察いったら、ややこし、なるかもよ」

「じゃあどうすればいいんだ？」

真弓は考えていた。坂田は目を向かいの窓に向けた。

白く輝く照明灯が見えた。向かって右手の線路沿いに、球場らしき、大きな建物が見える。

「藤井寺や」

真弓が低い声でいった。その言葉が終わるか終わらぬうちに、列車はホームにすべりこんだ。

「藤井寺」駅は、ホームとホームを掛け橋のような通路がつないだ、よくある構造の駅だった。掛け橋とホームを結ぶ階段をのぼり、改札をくぐって、右に折れる。「藤井寺」で降りた乗客は少なく、やはり坂田が思った通り、ほとんどの人は帰宅の途にあったようだ。

線路ぞいの道につながった階段を降りた。たくさんのペナントやポスター、垂れ幕がさがっている割には、駅前に人通りが少ない。

客待ちのタクシーの空車が数台止まり、通りをはさんだ向かいには、パチンコ屋と居酒屋の入ったビルが看板に灯《とも》を点らせているくらいだ。

「あっちや」

階段を降りたった真弓が、線路ぞいの道の、戻る方角を指さした。

「道、渡ろ」

真弓がいって、線路とは反対側の歩道に移った。そこに派出所があった。前の掲示板に、「OSAKA　POLICE」と白ヌキの文字が並んだ警察官募集のポスターが貼《は》られていて、坂田の目をひいた。

「大阪府羽曳野《はびきの》警察署、藤井寺駅前派出所」とある。前には、バイクと自転車が何台か止まっていて、内部に、勤務している制服警官の姿もあった。

坂田は立ち止まった。

警察にすべてを説明すべきだ、と思った。その上で球場に同行してもらい、アタッシェケースをもった男をいっしょに捜す。そうすれば、相手がやくざであっても恐くはない。

どっちにしろ自分は無関係な被害者で、明日には大阪を離れるのだ。

「どないしたん？」

真弓が訊ねた。

「お巡《まわ》りさんに話そうかと思って……」

坂田はいった。

「やめとき」

真弓が鋭くいった。

「どうして？」

「ぐずぐずしとったら、あんたのバッグ、また別の者に渡ってまう。それに、ポリの姿見たら、すぐに逃げだしてまうわ」

「じゃあ、どうすればいいんだ？」

「これはあたしの勘やけどな、長内いう極道は、ここであんたのバッグを別の者に渡すつもりや。その別の者は、きっと、どっかの幹部で、それを組にもって帰るんや。だからそれまでは、絶対にバッグを誰にも渡せへんし、開けさせせん。途中でそんなことになったら、自分の身が危いさかいな。警官きたら、何としても逃げよるよ。もし、まちがいやったて、説明する勇気あるんやったら、その組までいって話すことやん。それで駄目《だめ》やったときに警察いくんや。途中で警察入れると、やあさん、意地になるで」

坂田は考えこんでしまった。やくざ、それも関西のやくざと渡りあって何とかなるとは、とても思えない。しかし真弓のいうように、ここで下手に警察を巻きこめば、確かに話はこじれるかもしれない。

「おっさんがまちがえたいうんは、本当や。そやから、バッグうけとった組がそれを確認したら、返してくれるかもしれへん。警察がからむと、そんなら本当の方のバッグには何が入っとった、いうことになるよ。あいつら、絶対にそれ、認めへん。きっとめちゃヤバいもんやろからね」

「組っていうのは、さっきいってた天保会《てんぽうかい》とかいうところじゃないのかい」

「かもしれへんけど、ひょっとしたらちがうかもしれん。あんたのバッグ、ミナミからもってでたんは確かに天保会の者やろ。そやけど、あの長内いう極道も、運び屋として使われとるんやろからね。ここの球場で、長内が会うて、バッグ渡すんが、たぶんほんまの取引相手や」

「天保会とは限らない?」

真弓は頷いた。

「天保会かもしれんけど、長内と誰か個人的なつきあいのある者が幹部やってる組かもしれん」

坂田は真弓の顔をまじまじと見つめた。いくらなんでもそこまで知っているものだろうか。大阪の街、ミナミにやくざが多く、しかもつきあいの避けられないホステス稼業《かぎょう》だからといっても……。

「信じられん?」

真弓は感情のこもらない声でいって、坂田を見つめかえした。

「そんなことはないよ。ただ、君があんまり詳しいんで——」

真弓はすっと坂田の顔から目を外した。派出所の方を見つめ、抑揚《よくよう》のない口調でいった。

「昔、やんちゃやったからね。やあさんのやり方、ひと通り覚えてしもたんや。でも、あんたが警察いく、いうのんなら、うち止めへん。けどこれでさいならや」

「どうして？」

坂田は驚いていった。

「警官に僕の話を証明してくれないのかい」

「なんで、うちがそこまでせなあかんの」

いわれて、坂田ははっとした。確かにその通りだった。この真弓は、ここまでは坂田に、腹立たしいほど明るくふるまって、道案内をしてくれていた。が、彼女がそれをする義理は何もないのだ。

「ここまでついてきてくれたじゃないか」

「それとこれとは別や。うちがアホやからお節介《せっかい》したけど、ポリにつきおうほど暇やない。あれこれ訊かれるに決まってるし」

「君はだって何もうしろ暗いこと、ないんだろ」

「そやから言うて、ポリに根掘り葉掘り訊かれるのは嫌《いや》や。いうたやろ、若い頃、やんちゃしとったて」

「やんちゃ……」

その言葉の意味がもうひとつわからず、坂田はくりかえした。やんちゃ坊主というい方は、子供に対してはするが、真弓のいうやんちゃが、どんなものか思い浮かばない。

「わからへんか。ぼけとか、族《ぞく》や。ほかにもいろいろやって、高校一年で中退しとるし」

「ぼけって何だい？」

真弓はあきれたように坂田の顔をにらんだ。

「知れへんのか?!　ぼけ、いうたらぼけやんか！」

坂田もつられて声が大きくなった。

「そんな風にいわれたってわかんないよ。ちゃんと標準語で納得いくようにいってくれ」

真弓が今の言葉にかっときたのがわかった。

「ほな、教えたるわ！　ぼけいうのはなぁ――」

そのとき、派出所の扉が開いた。人の好《よ》さそうな顔をして、よく陽焼けした巡査が顔をのぞかせた。

「どうしたの、君ら」

真弓がはっと口をつぐんだ。坂田はあわてていった。

「いえ、何でもないんです。ちょっと誤解があって……」

「ふうん」

巡査は頷いて、坂田と真弓の顔をまじまじと見比べた。その目が服装やはきものにまで向けられていることに坂田は気づいた。

「すいません。お騒がせして」

「いや……。交番の前で何かいい合うてるから、こっちも何やろう、と思うてな」

坂田は真弓の腕をとり、ぺこりと頭をさげた。真弓は一文字に口を閉じ、そっぽを向いている。

「いこう」

坂田は真弓の腕をひいて、球場の方に歩きだした。

交番の前を遠ざかって十メートルほどを進むと、

「離してよ！」

真弓が坂田の手をふりほどいた。

「なんで、あたしがあんたに腕つかまれて歩かないかんの」

坂田はどういってよいかわからず、ため息をついた。真弓を本気で怒らせたことは確かだ。

「悪かった」

坂田はあやまった。真弓の案内が、親切心によるものだと考えれば、ここはあやまるべきだった。

「アタッシェケースとられているものだから、つい頭にきて――」

「あたしにまであたらんといてよ」

真弓はきつい流し目を坂田にくれた。

「ごめん」

坂田は尚《なお》もあやまった。真弓はいき場のない怒りを発散させるように線路の方を見やった。

そうしている間にも、ふたりの足は、線路ぞいを戻っていた。

突然、

「弁当いらんですか、弁当。ビールもありまっせー」

呼び声が耳にとびこんできた。

沿道に、夜店《よみせ》のような弁当屋の屋台《やたい》がでているのだ。ふつうの民家の軒先のようなところで、その家の住人が売っているようにも見え、坂田を驚かせた。屋台の弁当屋は、正面に見えてきた、球場のゲートふきんまで、何軒もでている。

「弁当、中で買《こ》うたら高いでー。損はさせへんでー。弁当、いらんかー」

真弓が不意に坂田の方を向いた。

「東京弁はなんやそらぞらしいな。ごめん、なんて、ちっとも誠意こもって聞こえへんわ」

ぐっときたのをこらえ、坂田は訊ねた。

「じゃ、こっちじゃ何ていうんだい」

「カンニンな、や」

そういわれて、あのゲームセンターの男がくりかえし口にしていたのを思いだした。

「カンニン、か」

坂田はつぶやいた。聞いた真弓は、ふんと鼻で笑った。

「あかんわ。東京者《もん》のあんたがいうと、ぜんぜん誠意があらへん」

藤井寺球場のゲートが見えてきた。白っぽい色をした円型の巨大な建物で、上空に煌々《こうこう》と照明灯が点っている。線路ぞいの道とは、たっぷり間隔をおいて建てられており、できた空間をバイクと自転車がぎっしり埋めていた。

赤、白、青のストライプが、正面の、明りを放つ球場入口の上を走り、「BUFFALOES　STADIUM」の文字が入っていた。

球場敷地のすぐ手前まで、弁当を売る屋台がたっていて、売り子が声をからしている。

不意に男がすっと近づいてきた。

「切符もっとるか」

低い声で訊ねる。

坂田はゲートの少し先に、野球のボールの格好をした券売所を見つけていた。

男の正体がダフ屋だと見当がついた坂田は無視して、そちらへ向かおうとした。

が、真弓の、

「待ちや」

という言葉に足を止めた。真弓は男の方を見て、

「なんぼ」

と訊ねた。

男は紺色の長袖シャツに茶色っぽいズボンをはき、脂っぽい髪をオールバックになでつけていた。痩せていて、目つきが鋭い。

「スペシャルで千円や。そこで買うたら三千円とられるで。姐《ねえ》さんべっぴんやから、二枚買うなら、一枚九百円にまけたってもええよ」

「どっちや」

「三塁側やけど、どうせ皆んな、バファローズのファンばっかりや」

男は唇をとがらせ、にやりと笑った。

「買《こ》うた」

真弓はいって、坂田をふりかえった。目で、金を払えと告げている。

坂田は千円札を二枚とりだした。

「おおきに」

男はいって、ひきかえにズボンの尻ポケットからだした切符を坂田の手に押しつけた。百円玉二枚を別のポケットからだし、その上にのせる。

「楽しんだって」

真弓は先に歩きだした。坂田はあとを追った。三千円の席が九百円とは、べらぼうに安かった。坂田はそれほど興味がないので、めったに球場まで野球を見に、足を運ぶことはない。

生まれてこのかた、ドームになる前の後楽園に二度、いったきりだ。小学生のときだから、父親に連れられてだった。

プロ野球の切符とは、こんなに安く手に入るものなのか、という驚きがあった。セ・リーグではなく、パ・リーグだからかもしれない。そういえば、かつてのロッテオリオンズのフランチャイズだった川崎《かわさき》球場は、外野席が無料開放されていた、と聞いたことがある。

藤井寺球場の入口は、シートの種類に分かれて、三つ並んでいた。その両端には、入場券の自動販売機もある。

入口の前には制服のガードマンが立ち、金属の仕切りが並んでいる。

スペシャルシートの入口は中央だった。

坂田は真弓とともに、そこをくぐった。赤いTシャツに、白いスカートやパンツをはいた、若い男女がもぎりをやっている。

入ってすぐのホールに、弁当や酒のつまみを積んだ台があった。それを見て、坂田は、昼からほとんど何も食べていなかったことを思いだした。

「ねえ」

真弓が足を止めた。

「何か食べないか」

真弓は無表情に坂田を見かえした。

「うち、あんたと野球見るために、ここにきたわけやないよ」

「わかってる。藤井寺球場まで案内してくれるってだけだ。けれど、中までつきあってくれたじゃないか。お腹、空《す》いてるんじゃないかと思って」

じっと見つめていた真弓の唇に、ふっと笑《え》みが浮かんだ。声にはださず、口が動く。

しゃあないな、そうつぶやいたようだ。

「ふたつの眼で探すより、よっつの眼で探した方がましかな、思うただけよ。見つけたあとは、うちは知らんよ」

坂田は頷いた。

「充分、世話になったと思ってる。東京者は厚《あつ》かましい、と思われるくらい」

真弓は笑いを含んだ目で首を傾け、積まれた弁当箱を見やった。

「何にしよかな。カラ揚げとシューマイ、貰《もら》おか。それにビール」

坂田は頷いた。真弓のいった料理をふたつずつと、ビールにウーロン茶を頼んだ。

「あんた、飲めへんの?」

「これからどうなるかわからないから、まだ酒は飲めないよ」

「酒が飲めへんわけやないんでしょ」

「あまり飲めないけどね。君は？」

「ザルや」

が、真弓の答だった。

弁当と飲み物を手にしたふたりは、観客席への通路を辿《たど》った。

強い照明の落ちる観客席にでた。いきなりそこは、バックネットのすぐ近くだった。

明るいグラウンドにユニフォームを着た選手たちが散らばっていた。アンパイアの背中が見え、バッターが横顔を向けている。

ふりかぶったピッチャーが球を投げこんだ。バッターがバットを振った。

カーン、という、思ったよりも高い音が響き、おおっというどよめきがあがった。ライナー性の白球が舞いあがり、定位置を少し動いただけのライトのグローブにおさまった。

それがスリーアウトめだったので、選手たちがいっせいに動きはじめた。守備についていたバファローズの選手たちがベンチに戻り、ファイターズの選手たちがグラウンドに散る。キャッチボールがグラウンドのあちこちで始められた。

我にかえった坂田は、通路をでてすぐの場所にある、シートの案内板に目を向けた。

それによると、バックネットのすぐ裏側中央がオレンジ色に塗られたボックスシート、そのうしろ、記者席と覚しい明るい窓の並んだ部屋の下までが、中央のA指定席、坂田が買ったスペシャルシートは、それぞれ、一塁側と三塁側のベンチの上あたり、そのうしろ両翼が、各塁側A指定席となっている。あとは外野席になるようだ。

坂田は球場内を見渡した。どれくらいの人がいるのだろう。外野席は、ライト側、レフト側、ともにまばらな数しかいない。

最も多く人がいるのは、一塁側のA指定席とスペシャルシートで、六〜七割くらいが人で埋まっている。つづいて、中央のA指定席が三割くらい、三塁側のスペシャルシートやA指定席は一割くらいだ。レフト寄りの外野には、数えられるほどの人数しか、観客が入っていなかった。

全部あわせても、一万人に満たないだろう、と坂田は思った。

とはいえ、一万人に近い人間の中から、ひとりを探しだすのは、並みたいていのことではない。

「見つかるかな」

坂田は真弓を見た。

「見つけな、しゃあないやんか」

真弓は肩をすくめた。

坂田はけんめいに頭を働かせた。ゲームセンターで、男からアタッシェケースをうけとった長内というやくざは、最初からここにくる予定ではなかった。

——今日、日生《にっせい》、藤井寺、どっちや。

男に訊ねている。そして、藤井寺だと聞くと、近鉄やな、と答えたのだ。

つまり長内も、当日券を買って入っているのだ。真弓の言葉通り、もしここで別の人間とアタッシェケースの受け渡しをするのなら、どのあたりのシートにすわるかは、前もって決めてあるにちがいない。さもないと、お互いに、この広い球場の中を捜し回らなければならなくなる。

一塁側は、ホームチームを応援する観客であの通り埋っている。となれば、受け渡しにつかうシートは、比較的手に入りやすい三塁側になるのではないか。

「バッター、五番、村上《むらかみ》」

場内アナウンスが流れる。

「むらかみぃーっ」「いけやぁっ」

声がかかるのがはっきりとわかる。坂田は正面にあるスコアボードに目を向けた。一回にファイターズが一点、二回にバファローズが同じく一点をとり、現在、三回の裏だった。スコアボードの上の時計は、七時十分をさしている。

かつての記憶に比べると、球場全体がひどく静かに感じられた。子供のとき連れられていった後楽園は、ひっきりなしに野次《やじ》がとび、球場全体がもっと、大きなどよめきに包みこまれていたような気がする。

白地に赤のユニフォームを着た選手がバッターボックスに立った。ピッチャーが第一球を投げる。バッターが空振りし、キャッチャーのミットが重々しく鳴った。

「いこ」

真弓がいった。坂田は、真弓のうしろについて、三塁側のスペシャルシートに向かった。歩きながらも、スペシャルシートの後方にあるA指定席に目をこらす。長内は、このあたりか、外野席にいる筈《はず》なのだ。

ふたりのシートは、ネットから八列めだった。中央寄りの二席だ。ネット寄りは、ふたつおきくらいに観客がすわり、ゲームに見入っている。

ときおりバッターに声をかける人間もいて、三塁側だがバファローズファンという観客も多いようだ。

村上が三塁ゴロに倒れ、六番の金村《かねむら》が打席に入った。球場は、球がバットに弾《はじ》かれた瞬間だけ声が湧く。

真弓は自分のシートに浅くかけると、ビールの入った紙コップを唇にあてがいながら、背後をふり仰いだ。

「思ったよりいてるなあ」

坂田は弁当を、本来の自分のシートにおき、空いているひとつ隣に腰をおろした。

「きっと、こっち側だ」

「なんでそう思うん？」

坂田は自分の推理を小声で話した。途中、金村の打球がセンターを抜き、わあっという歓声と拍手に、話し声がかき消された。

「そやな。あんた、目は？」

「両方一・二だ」

視力がいいのは、祖父譲りだった。

「それならわかるな。外野席、どうや」

坂田はレフト側の外野席を見つめた。

垂れ幕らしい布を手にした十人組くらいのグループが中段に腰をおろしている。どうやらファイターズの応援団のようで、バファローズの攻撃中はすることがないといった様子だ。

もしアタッシェケースをもっているのなら、膝に抱えるか、足もとにおいているだろう。ジュラルミンはよく光を反射するので、目立つ筈だ。

見落としていない、という確証はない。が、レフト側の外野席にそれらしい人物の姿はなかった。

坂田は観客席に目を向けたまま、ウーロン茶のコップを口に運んだ。

ゲームセンターからでてきた男の姿を必死で思いかえした。

スーツだ。シルバーグレイのスーツにネクタイをしめていた。顔にニキビの跡がある。

真弓も、今は、自分の周囲、三塁側スペシャルシートにすわる観客たちに目を注いでいた。

最奥部の外野席から、上下に目を走らせ、じょじょに内野寄りにまで目をこらした。

あの男の姿はない。

いる筈だ。いる筈なのだ。

坂田の背中に汗が吹きだした。

とうに受け渡しが終わっているとしたら。

渡した方も渡された方も、さっさと藤井寺球場をあとにしているかもしれない。

坂田は緊張に目が痛くなってきた。

瞬《まばた》きすると、息を吐いた。不意に鶏のカラ揚げが口もとにつきつけられた。真弓だった。

「食べや。もったいないで」

坂田は頷いて、口に入れるとかみしめた。思ったよりおいしかった。

瞬間、ビールが飲みたい、と思った。

真弓に告げた通り、そんなに酒が強いわけではない。が、あれほど駆けまわり、汗を流したあと、こうして広い屋外にすわっていると、無性《むしょう》にビールが欲しかった。観客席の通路を、ボンベを背中にしょった売り子が呼び声とともに歩きまわっている。

(まさか大阪にきて、こうして野球場に足を踏みいれ、カラ揚げを食べビールが欲しい、と考えるとはな――)

心の中に、かすかなあきらめが生まれていた。そのあきらめが、今の状況を、妙に滑稽《こっけい》なものに、坂田を思わせた。

　坂田が笑った気配に、真弓がふりかえった。怪訝《けげん》な表情になった。

「何笑ってるのん」

「いや。何でこんなことになっちゃったのかなと思ってさ」

　あきれたように真弓は目をみはった。何かをいいかけたとき、カーンという音とともに、わあああっという、さっき以上の歓声が真弓の言葉をかき消した。

　思わず坂田はグラウンドをふりかえった。白球がセンターからレフトにかけて切れながら、しかし充分の高さをもって、外野席にとびこんだ。

　七番の鈴木《すずき》にホームランがでたのだった。

「ようやったぁ！」

「す・ず・きぃ！」

　ダイヤモンドをふたりの選手がゆっくり走っていた。スコアボードの下から四本の火柱があがった。花火だった。

「そんなこというてんと、早よ捜さな」

　真弓は、鈴木がホームベースを踏むのを見やりながらいった。拍手が湧く。

　坂田は頷き、いった。

「君もやっぱり、近鉄ファンかい」

「そやね。セ・リーグやったら阪神、パ・リーグやったら近鉄やね」

真弓は答え、紙コップをシートにおいた。中味はほとんど空だった。

「お代わりは？」

「あとでええわ」

坂田は再び観客席に目を向けた。もう、三塁手のま横あたりまで、さしかかっている。

やはり一塁側なのだろうか。坂田はネットをはさんだ向かい側の観客席を見やった。

一塁側のスタンドには、最も多くの観客が腰をおろしている。その通路には、赤い衣裳を着《つ》けたチアガールが並び、踊っていた。

八番山下《やました》がフォアボール、九番水口《みずぐち》が三振し、打順はツウアウトで一番大石《おおいし》に回った。

大石がバッターボックスに立つと、多くの、応援の声が飛ぶ。パ・リーグに弱い坂田も、この小柄な内野手と、三番のブライアントは、今日のバファローズの選手の中で知っていた。あとはピッチャーの野茂《のも》くらいだろうか。

その大石は、ショートを襲う、痛烈なゴロを放った。一瞬、客席がどよめいたが、打球は二塁にトスされ、スリーアウト、チェンジとなった。

三回が終わり、四回に入った。

「おらんな」

しばらくたつと、真弓がいった。坂田は頷いた。何度見直しても、三塁側に、あのスーツの男の姿はなかった。

「もういっちゃったんだ」

「一塁側はどうや」

「さっきから見てはいる。でも数が多すぎて駄目だよ」

あきらめ気味の坂田はいった。

「あっちまでいって、見てきたらどうやの」

坂田はため息をついた。なんだか馬鹿馬鹿しくなり始めていた。起こっていることが、とても現実とは思えない。

その表情を見てとったのか、真弓がいった。

「もうええ、ていう顔してるね」

「何だか……」

「阿呆《あほ》らしゅうなってきた？」

「君にはすごく悪いけど」

「ええわ」

真弓はいって、ポシェットから煙草《たばこ》とライターをとりだした。

「相手はやあさんやしな。その方が賢いかもしれへん」

坂田は無言だった。真弓の口調には、どこかあきらめのこもった響きがあった。

「すごく感謝してるよ」

「ええよ、別に。大阪者が皆《み》んなワルや、思われたらかなわんし」

「そんな風には思ってない」

真弓は鼻先で笑い、煙草を踏み消した。すっと立ちあがる。

「ほな、うち、いくわ。せっかくやから、あんた見てくといいわ。警察いくんなら、野球終わったあとでもええやろ」

真弓の表情はずいぶん大人びたものになっていた。なぜだかは知らないが、坂田は、真弓を失望させてしまったような気がした。

だから、いっしょに球場をでよう、ともいえなかった。

「ごっとさん。帰り道、わかるやろ」

「駅までは」

「同《お》んなじや。阿部野橋で地下鉄に乗りかえや」

いい捨てて、真弓は歩きだした。坂田は息を吐き、そのうしろ姿を見送った。その背がバックネット裏の通路入口に吸いこまれると、煙草をとりだした。

真弓が飲み干していったビールの紙コップと、自分の半分ほど残ったウーロン茶の紙コップがならんでおかれていた。真弓の方には、うっすらルージュの跡が残っていて、それを見た坂田は、急にやるせない気分になった。

煙草を吸い、目をグラウンドに向けた。ファイターズがランナーをだしていた。このままでは、バファローズが追いつかれそうだ。

ファイターズは、東京をフランチャイズにしているチームだ。が、今の坂田は、バファローズをなぜか応援したい気持だった。

真弓がつとめている店がどこにあるかくらい、訊けばよかった。

大阪支社の宣伝部長は知っているようだが、こんな状況となって、明日訊ねるわけにはいかない。

(馬鹿馬鹿しい)

坂田は自分を叱咤《しった》した。別に、女性としての真弓に惹《ひ》かれていたわけではないのだ。出会ってから、わずか一時間足らずしか、彼女とはいなかった。

自分はただ、道案内がいなくなって心細さを感じているだけなのだ。彼女が、自分にとって、どう、というわけじゃない。

坂田は煙草を踏み消し、唇をかんだ。

(こうなったらやってやる)

一塁側のスタンドにいき、ひとりひとりシラミ潰しに、あのスーツの男を探すのだ。

食べかけのカラ揚げとシューマイを残し、バックネット方向に歩きだした。

そのとき、通路からとびだしてくる真弓の姿が見えた。坂田には気づかず、今まですわっていたシートに向かって駆けている。

「真弓さん!」

忘れものでもしたのだろうかと思いながら、坂田は声をかけた。

真弓は声にふりかえった。

おおっというどよめきがあがった。ファイターズのバッター、ウインタースがレフト線を破ってフェンスにはねかえる打球を放ったのだ。二、三塁を埋めていたランナーが生還する。打ったウインタースも、二塁に達した。

(追いつかれたか)

「おったで！」

真弓が叫んだ。坂田は目をみひらいた。

真弓はもどかしげに手をふった。

「こっちや、はよう！」

通路をさした。坂田は走りだした。

通路をくぐり、入口に面したホールに駆けこんだ。

「今でてったとこや、急いで！」

真弓が出入口のそばに立っていった。もぎりの若者がびっくりしたように真弓を見た。

ふたりは並んで球場の外にでた。

「あっちや、あっちいった」

真弓は、でて左を指さした。

「あの男かい」

「トイレやったんや。うち帰る前にトイレいっとこ思て、トイレいったんや。そしたら、あの男がトイレからでてくるのんが見えて、あとから別の奴があんたのバッグもってでてきた。トイレで受け渡したんや」

「じゃ、もった奴が――」

「こっちいったんや。渡した方は、駅の方、いったわ」

真弓は、球場を回りこんで左手になる方向に向かって歩きだした。

そこは駐車場になっていた。駐車場といっても、一般客用のものではなく、関係者用の駐車場だというのが、坂田にもすぐわかった。

大型バスが横に並んで何台も止まっている。「ナイターお帰りバス・バファローズ号」と後尾に表示され、「近鉄奈良駅前ゆき」など、行先の表示はそれぞれちがうものの、郊外からの観客を運ぶためのものだと知れた。

そのよこには、球場外壁にぴったりとくっつくようにして、屋根にパラボラアンテナを立てた中継車が、これもいく台も止まっていた。横腹にテレビのチャンネルナンバーを大きく描いてある。

真弓にしたがって、坂田は、バスと中継車を回りこんだ。その向こうは、ひっそりとした駐車場で、ハイヤーや自家用車が止まっている。自家用車は、ベンツやスポーツタイプの車が多い。選手たちの車かもしれない。

「あれや」

真弓が坂田の腕をつかんだ。

そうした車に混じって、濃紺のベンツが止まっていた。車内灯が点り、運転席の男が自動車電話を耳にあてている。

ちらっと見た限りでは、男はやくざには見えなかった。モスグリーンのスーツにネクタイをしめ、髪はふつうの七・三に分けて、眼鏡をかけている。

車内灯が消え、男の姿が街灯によるシルエットになった。ベンツのヘッドライトが点る。

「まずい」

坂田はつぶやいた。

「あと、追っかけへんの」

真弓がいった。

「追っかける」

坂田はいって、右手にある道路に走りだした。

線路ぞいの道だ。ベンツもこの道にでてくるにちがいなかった。

坂田は駅の方角と、そして大阪の方角を見やった。車は一台も走っていない。

ようやくヘッドライトが駅の方からやってきたと思うと、タクシーではなく、若いアベックの乗ったロードスターだった。

タクシーはどうやら駅まで戻らないと拾えないようだ。

ベンツは、ぎっしりと駐車された車を縫《ぬ》っているので、まだ駐車場の出入口には達せずにいた。が、一分とたたぬうちにやってくるだろう。駅まで戻っていたのでは、とてもまにあわない。

坂田は道の両方向を見やり、背後の駐車場をふりかえった。

ベンツが中継車のよこをゆっくりと抜け、こちらに向かって走ってくる。

一瞬、その車に通せんぼをしようかとすら、坂田は思った。が、そんなことをしても何の役にも立たないと考え直す。

ベンツは坂田のかたわらまでやってきた。道の手前で一旦停止し、合流の安全を確認する。

車内には、運転席の男がいるきりだった。そして、助手席に坂田のアタッシェケースがあった。

坂田は思わずベンツのドアに手をのばした。が、次の瞬間、ベンツは右のウインカーを閃《ひらめ》かせながら、線路ぞいの道に走りこんでいた。駅の方角に走り去ってゆく。

（ナンバーを）

「なにわ33　て―××××」

それだけをけんめいに頭に刻みこんだ。

泣きだしたい思いだった。タクシーはおろか、自家用車すら、まばらな道なのだ。

「あんた！」

声にふりかえった。白い旧型のクラウンが駐車場の出入口、坂田のすぐうしろまで迫っていた。後部席の窓から、真弓が顔をのぞかせている。

運転しているのは、見知らぬ中年の男だった。

「はよ、乗り！」

真弓がいって、後部席をずれた。坂田は走りより、クラウンのドアを開いた。

「いってや。右や」

乗りこんだ坂田がドアを閉める間もなく、真弓はいった。

「あいよ」

男はウインカーを入れるとハンドルを切った。

「急いで。今さっきでてった、紺のベンツ」

「ベンツ？　やばいな、それ」

「大丈夫や」

真弓は運転している男の肩を叩いた。

「真弓さん」

坂田は真弓を見た。真弓はにこりともせずにいった。

「運よかったわ。このおっちゃんな、うちの馴染《なじ》みの白タクやねん。ふだんはミナミで流しとるんやけど、今日は時間早いんで、そこの駐車場のとこでお客さん、探しとったのよ」

「へえ。おおきに。マイさんにはいつも世話になってます」

男はバックミラーの中でいった。五十くらいで頭の禿《は》げた気のよさそうな男だった。

「マイさん――」

「うちの源氏名《げんじな》や。それよりおっちゃん急いだって。あのベンツ見失《みうしの》うたら、わやや」

「そやけど、ベンツいうたら、やばいことないでっか。あんまり近づいて、オカマでも掘ったら、わしがわやや」

「乗っとるんは、やあさんや」

「ひゃあ。カンニンやで」

「別に、ぶつけ、いうてへん。どこまでいくか、ついてったらええねん」

「見つかったら、わややね」

「そんなら、気ぃつけや」

「そやけど、どこまでいくんやろ」

「わかれへん」

「わかれへんて、そんなあ」

「大丈夫や。そんな遠くまではいかんと思うわ」

「十時までにはミナミに帰してよ」

「大丈夫やって。おっちゃん、あんじょう稼《かせ》がせたったやんか」

「へえ。そら、そうやけど……」

「おったわ。あれや！」

真弓が声を大きくした。クラウンは藤井寺の駅前を通りすぎ、すぐの道を左折した。その一台おいた先を濃紺のベンツの尾灯が走っていた。

「どこいくんやろ」

真弓がいった。

「たぶん高速やないでっか。どこナンバーやったですか」

「なにわナンバー」

坂田はいった。

「神戸でなかっただけ、マシでんな。やあさんにはかわれへんけど」

坂田は訊ねた。

「高速って、何線です」

「この先の藤井寺インターやったら、西名阪《にしめいはん》自動車道です。そいで大阪市内戻るんなら阪神《はんしん》高速入りますわ」

そしてしばらく走るうちに、やっぱりそうや、とつぶやいた。

緑色をした高速道路の入口表示の標識が、坂田にも見えた。ベンツはウインカーを光らせ、合流線の入路へと入っていく。

「戻るんやろかな」

運転手の男は誰にともなくいい、あとを追った。ベンツとクラウンのあいだをへだてる車はなくなった。

坂田は車を運転する。父と共有のシーマが家にはあって、学生時代はそれでよくドライブもした。どうやら、今入っていったのが、東京では首都高速にあたる道らしい。

　ベンツは本線に合流するとスピードをあげた。料金所はすぐにはないようだ。

　このあたりの道路は、東京の首都高速とちがい、外壁が高く、周囲の景色がほとんど見えない。

「とばしよんな」

　男はいって、アクセルを踏みこんだ。

　料金所が見えてきたのは、本線に合流してから二キロ近くを走ったときだった。ベンツは料金所で減速し、再びスピードをあげた。

　ジャンクションと覚しい、分かれ道が見えてくる。ベンツはまっすぐにそのジャンクションを走りぬけた。

「市内や、やっぱり」

　高速道路の外壁はあいかわらず高く、オレンジの道路灯をのぞけば、めったにビル看板も見ることができなかった。

　坂田と真弓は黙りこんだまま、二十メートルほど先を走るベンツを見つめていた。ベンツとクラウンはずっと追い越し車線を走りつづけていた。だが道路は空いていて、追いぬいた車は数台しかいなかった。

高速道路に入って十分近くが過ぎた。右手に、白く光る塔のような建物が見えてきた。それとともにようやく、道路の高架《こうか》よりも高い、マンションなどの建物が増えてくる。

「通天閣《つうてんかく》や」

真弓が低い声でいった。

「通天閣」

「右のあの、白う光っとるの」

通天閣——名前だけは聞いたことがある。確か東京タワーのようなものではなかったか。建ったのは、東京タワーよりはるかに古い筈で、「大阪のシンボル」というような記事を、ガイドブックで読んだ記憶があった。

「降りるで、おっちゃん」

真弓がいった。ベンツが左のウインカーをだしながら、出路に吸いこまれていった。

「文の里」出口となっている。

「ぶんのさと？」

「ふみのさとや」

真弓がいい直した。

「やばいなぁ」

運転手の男はつぶやいてスピードを落とした。

「ちょっとあいだあけるで。つけとる、思われたら恐いよってな」

「おっちゃん、知ってる車か」

「そんなんいわれてもわからんわ。乗っとる人を見な」

「けど、ベンツやんか」

「ベンツばっかしや。わいら、ベンツ見たら逃げるもん」

それを聞いて、坂田はおかしくなった。東京も大阪も、やくざが好む車の種類はかわらないようだ。

文の里の出口から一般道に入ったベンツはしばらくまっすぐに走っていたが、大きな交差点で左のウインカーを点した。

「天王寺の方、いきよる」

「天王寺？」

「動物園があるとこや」

坂田の言葉に、真弓が説明した。

「動物園に何の用があるんだろう」

「動物園だけやないよ」

前方に、さっき高速から見えた白い塔があった。

「通天閣の方やない、おっちゃん」

「かもしれへんな。やばいな。このへんはな、昔は当たり屋が多て、どうにもならへんかったんや」

「当たり屋って何です？」

「あんた、当たり屋知らへんのか？」

運転手は驚いたようにいった。

「ええ」

「車が走ってくるとな、わざとぶつかりよんのや。それで怪我《けが》した、いうて、金せびるんや」

「そんな、危いじゃないですか」

「それがプロや。小学生くらいのガキもおったけど、うまかったで。ぶつかるかぶつからんかくらいのところで、ぽーんと倒れるんや。運転手あわててブレーキ踏みよるやろ。ほしたら痛《いた》ぁ！　いうて泣きよるんや。父親が隠れとってな、とびだしてくるわ。ほいで、警察呼んだら、あんたの免許パアになるよってに、示談《じだん》にしたる、いうんや」

「本当の親子で?!」

「そうや。ときどき、ほんまにはねられよるのもおってな。かなわんで、車に向かってとびだしてきよるんやから。ひいてもひかんでも、わやや」

「自分の子供を、そんな危いめにあわせて平気なんですか」

「ふつうはやりよらんよ、そんなことは。たいていはロクでもない人間やから、自分が働かんと食お、思て、むりやり子供にやらすんや。ひどいもんや」

自分も本当なら法律違反の仕事をしているにもかかわらず、運転手は首をふった。

「通天閣の辺はな、労務者のおっちゃんとか多いんや。靴片いっぽうだけとか、ムシロの上に並べて売っとったりするしな」

真弓がつけ加えた。

「靴を片っぽだけ……」

「皆んな、拾ったりとってきたもんですわ。安いでっせ」

運転手もいった。

「あ、曲りよった」

ベンツが再び、左のウインカーを点した。

「新世界やな」

「やばいなぁ」

窓の外に目を向けた坂田は仰天《ぎょうてん》した。布団《ふとん》をしいて寝ている人間がいる。家の中の話ではない。道ばたに布団をしいて寝ているのだ。

「あれは何です？」

「何て、あっこで寝てる人や」

「浮浪者、ですか？」

「そうや。おかしいん？」

真弓が不思議そうにいった。

「でも布団しいてる」

「寝るときは布団しくやろ」

「いや……。でもふつう、ダンボールとか新聞とかじゃないのかな」

「そういうのもおるよ。でも布団もっとったら、布団しくやろ」

坂田は頷く他なかった。浮浪者は東京にもいる。地下道や公園を寝ぐらにしている人間は決して少なくない。しかし、道ばたに布団をしいて、まるで我が家の寝室のように眠っている人間を見るのは初めてだった。

「止まったで」

「通りすぎたって」

ベンツは、通天閣に向かう道の途中で停止していた。正面に通天閣が見える。

クラウンはベンツのかたわらを通りすぎた。運転手があわてて注意した。

「そっとふりかえりや」

ベンツからは、モスグリーンのスーツを着た男が、坂田のアタッシェケースを手に降りたったところだった。かたわらのレンガ色をしたマンションに入っていく。

「おっちゃん、あの辺に事務所あった？　やあさんの」

「知らんな、もうちょい先に、大きな組あるけど……」

クラウンも左によって停止した。

真弓は坂田を見た。

「どうする？」

「どうするって……」

「たぶん、今入ってってたマンションに事務所があるわ。そこいったんやと思うよ」

運転手がふりかえり、坂田と真弓の顔を見比べた。

「マイちゃん、どないなってんねん」

真弓は答えず、坂田を見つめている。坂田は再び、マンションをふりかえった。恐しかった。もしあそこにやくざの事務所があり、アタッシェケースの最終到達地だとするなら、いよいよ坂田が訪ねていく場所なのだ。

(なんでこうなったのだろう)

坂田は思わずにいられなかった。が、真弓の鋭い視線に、

「いくよ」

としか、言葉がでなかった。

「——無茶やったかもしれんな」

真弓がつぶやいた。

無茶に決まっている、そういいたいのを坂田はこらえた。

真弓が運転手をふりかえった。運転手も、ことのなりゆきは知らないのだろうが、心配そうな表情を浮かべている。

「おっちゃん、ここで降りるわ。なんぼ」

「ほんまにここでええんか」

「うん」

「それやったら……六千円もろうとこか」

坂田は無言で財布をとりだし、金を払った。実際にタクシーに乗ったとしても五千円くらいは優にかかる距離を走っていた。

「おおきに。何やったら……、待っとこか」

真弓は坂田を見た。坂田は首をふった。

坂田と真弓はクラウンを降りた。

「ほな、気ぃつけてや」

運転手はいい残し、走り去った。

坂田はあたりを見回した。通天閣までは、ほんの百メートルほどの距離だった。ホルモン焼、パチンコ、居酒屋、映画館などが並んでいる。どことなく下町風で、浅草《あさくさ》の裏通りのような雑然とした雰囲気がある。

通天閣は、頂きにずんぐりとした展望台があるタワーで、東京タワーほどは背が高くない。

あたりを歩いている人間たちの服装も、ジャンパーやサンダルばきといった格好で、ビジネススーツにネクタイの自分が、この街の中では浮きあがって見えるのを感じた。

坂田は再び通天閣を見上げた。なんとなく垢《あか》ぬけない。日立電機のネオンサインが点っている。

坂田はふと思いつき、真弓をふりかえった。

「のぼったこと、あるかい」

緊張した表情を浮かべていた真弓は、一瞬あっけにとられたように坂田を見た。

「のぼったこと、て、通天閣のこと？」

「そう」

「あれへん。このへんは、ガラが悪いよってに、めったに来《き》、へんのや」

「大阪に住んでるのに、通天閣にのぼったことがないのか」

「あかんの？」

「いや、東京タワーにのぼったことのない東京者はいくらでもいる」

いって、坂田は通天閣の方に歩きだした。

「ちょっと、どこいくの」

「すぐさ。すぐに終わる」

通天閣はふんばるように、足を広げていた。東京タワーほどの偉容《いよう》はないが、町内の名物、といった表情で妙に親しみがある。

そのま下に、坂田は探していたものを見つけた。将棋雑誌で前に読んだことがあった。

王将の碑だった。坂田三吉を偲《しの》んで建てられたものだ。

碑といっても、特に立派なものではない。あたりにある映画館のものらしい古びたポスターや、傷《いた》んだ建物に囲まれ、埋没《まいぼつ》してしまっている。

それに見入っていると、真弓が無言でかたわらに立った。

「坂田三吉は――」

坂田は真弓の方を見ずにいった。

「俺の憧れの将棋指しなんだ。名前が一字ちがいだから……」

「将棋、好きなん」

「好きだ。今は詰め将棋くらいしかやらないけれど」

「このへんやったら、今でも賭け将棋やっとるのがいっぱいおるわ」

「だろうな」

あたりを見回して、坂田はいった。意外に広い路地が、通天閣のふもとから放射状にのびている。さまざまな飲食店や遊戯場が建ち並ぶそれらの路地には、食物の匂いが充満し、怪しげなスナックの看板のたもとにひと目でおかまとわかる厚化粧の女が腰かけていた。

盛《さか》り場は盛り場なのだが、ミナミで見た〝ナンパ橋〟の周辺とは、まるで空気がちがった。

若者の姿がない。もっと生活に密着していて、うらぶれているといっては言葉が悪いが、街全体に疲れのようなものが淀《よど》んでいる。ミナミの、あの、若者たちが空気と反応して放電しているような明るさはない。

「大阪らしいとこや」

真弓がいった。

「どういうところが」

「貧乏たらしいけど、しぶといんや」

「…………」

「うちな、ほんまは、このすぐ近くで育ったんや。三歳くらいまで」

「覚えてる？」

「忘れてしもたわ」

真弓は首をふった。

「お母ちゃんとお父ちゃんが離婚して、ひっこしたんや」

「じゃあ、通天閣は？」

「その頃、のぼったことあるかもしれへん。でも忘れてしもた」

坂田は小さく頷いた。真弓は息を吐き、道ばたにしゃがんだ。煙草をとりだし、火をつけると、坂田を見あげた。

「どないするのん」

「これからいってくる。いろいろありがとう」

真弓は顔をしかめ、煙を吐いた。

「死ににいくようないい方、せんといて」

坂田は微笑《ほほえ》んだ。何となく自分が滑稽で、笑えてきたのだ。本当は笑うどころではない状況だった。だが事態がここまでくると、笑うしかない、そんな気がした。

真弓はあたりを見回した。通天閣の下には、客待ちのタクシーが何台か並んでいる。

「うち、そろそろいくわ」

坂田は頷いた。真弓は微笑んだ。

「死んだらあかんよ」

「本当にありがとう」

真弓は煙草を消し、立ちあがった。まっすぐに坂田を見つめた。

「あんた、勇気あるな」

「なんで」

「そやかてこれから、ひとりでやあさんの事務所、乗りこむんやんか。ええ度胸や」

「からかうなよ。本当は恐くて泣きたいくらいなんだ」

「そんな風には見えへんよ」

「いってくる」

きっぱりいって、坂田は歩きだした。真弓をふりかえるのはやめようと思った。女性である彼女を、これ以上巻きこむのはいけないことだった。彼女の親切に甘え、危険につきあわせるのは、地理を知らない他所者《よそもの》だからといっても許されない。

濃紺のベンツが止まったマンションの前まできて、初めて通天閣の方を見た。

真弓の姿はなかった。代わりに、タクシーが一台、動きだしていた。

いってしまった。もう、あとは自分しかいない。

坂田は深呼吸し、階段の見えるマンションの入口をくぐった。

# 4

そのマンションにはエレベーターがなかった。一階部分はお好み焼屋が入っていて、わきの階段から上にのぼるようになっている。郵便受けがせまい踊り場《ば》にはあり、二、三階に「倉持商事《くらもち》」という表示がでていた。四階の郵便受けは空欄になっている。

ベンツから降りた男は、この「倉持商事」に入っていったのだろう、と坂田は思った。

階段には、熱せられた油の臭いが淀《よど》んでいた。坂田はそれをのぼり、二階まであがった。

なぜかはわからないが、妙に非現実的な気分で、恐怖が今ひとつ湧いてこない。

二階には、すりガラスに「倉持商事」と金文字の入った扉があった。ガラスの向こうは明るかった。

扉の前に立ち、坂田は深呼吸した。不意に真弓の喋《しゃべ》っていた大阪弁が頭に浮かんだ。

——アホやな。

ノックした。

「おう」

声が返ってきた。横柄《おうへい》で、険呑《けんのん》な印象のする返事だった。

「失礼します」

坂田はいって扉を押した。急に喉がふさがり、声がかすれた。

狭く、雑然とした部屋だった。ロッカーが壁の一面を埋め、スティール製のデスクがいくつかと、安物の応接セットがおかれている。テレビが神棚の下に吊られていて、応接セットにすわった二人の男がそれを眺めていた。

一人はシャネルのロゴが入った緑色のスウェットスーツを着て坊主頭、もうひとりはダボシャツに、不良の着る学生服のような、黒いだっぷりとしたズボンをはいている。

「何や？」

坊主頭がいった。坂田と年は同じくらいだった。

坂田は息を吸いこんだ。

「私、ササヤ食品の宣伝課につとめる、坂田といいます」

「セールスマンか？」

スウェットスーツが立ちあがった。ガラス板をのせたテーブルから煙草《たばこ》をとりあげ、金のデュポンで火をつけた。素足に女物のサンダルをつっかけている。

「いえ。さきほどこちらの事務所にモスグリーンのスーツを着た方が入っていかれましたよね。その方のもってらっしゃったアタッシェケースのことでお話が」

男の表情はかわらなかった。

「何いうてんのや、お前」

ダボシャツがすわったまま体をねじった。そちらを見やり、坂田は体が硬くなった。ソファの背もたれにかけた左手の、二本の指先がなかった。

「実は荷物をまちがえられたんです。夕方、将棋会館で、僕のもっていたアタッシェケースを、別の人のとまちがえてもっていった男がいて、その男が、もうひとりの長内さんという人に渡し、長内さんが藤井寺球場で――」

「何ごちゃごちゃいうてんのや！　こら」

スウェットスーツが大またで坂田に歩みよった。

「お前、何ぞ、うちの組に文句あんのか」

鼻と鼻がくっつくほど、坂田の顔に自分の顔を近づけた。アラミスが強く匂った。

「そうじゃなくて、本当に、人ちがいがあったんです」

「何が人ちがいや。誰が人ちがいした、いうんや！」

男はどなった。

「だからモスグリーンのスーツを着た人が――」

坂田は肩を肘《ひじ》でつきとばされ、よろめいた。

「誰や、それ、誰のことや」

「名前は知らないんです。下の、紺のベンツに乗っていたんで、ここの方だと思うんですが」

男は少し距離をおき、坂田をにらんだ。

「お前、どこの人間じゃ」

「今日、出張で、東京からきました」

「名前、何やて？」

「坂田です」

「坂田何ちゅうんじゃ」

「坂田勇吉です。あの――」

「何や」

「紺のベンツに乗っていた方と話をさせていただけませんか」

「そんな者、おれへんわ」

坂田は言葉に詰まった。どうしていいかわからなくなった。

そのとき、並んだデスクの上の電話が鳴った。ダボシャツの男が面倒くさそうに立ちあがった。

「はい、倉持商事っ」

威勢よく答える。

「はいっ。あっ、御苦労さんです。はいっ、ちょっとお待ち下さい！」

受話器を掌《てのひら》で塞《ふさ》ぎ、スウェットの方を見た。

「兄貴に電話や」

「上に回せ」

スウェットがいった。それを聞き、坂田は気づいた。上というのは三階のことだろう。

「ちょっとお待ち下さい。今お回しします」

ダボシャツはいって、内線を操作した。

「あ、兄貴、天保会の長内さんから外線入っとります。はいっ。回します」

やはり、と坂田は思った。坂田が気づいたことを、スウェットも知った。いきなり坂田のネクタイをつかんだ。

「お前、ちょっとこっち来いや」

坂田をひきずっていって、ソファにつきとばした。

「乱暴はやめて下さい」

坂田は思わずいった。

「じゃかあしい！」

男はいって、坂田の頰を殴りつけた。坂田は恐怖に涙がにじむのを感じた。体が震えだした。

「もう一回、ちゃんと説明せんかい」

「どれどれ」

ダボシャツが楽しげにいって、デスクを回りこんだ。二人して、坂田をはさむようにすわった。

「で、ですから、もしあなたたちの身内《みうち》じゃなければ僕のまちがいですが……」

「何がまちがいや。まちがいでお前、おしかけてくんのか、人の事務所に」

「いや、そんな、そんなつもりじゃないんです」

「お前のいっとることは、何もわからへんわ」

「僕の、僕のアタッシェケースが、この上の階にあるんです」

「何やと、こらぁ！　泥棒したっちゅうんか、こら！」

ダボシャツが不意に怒鳴《どな》った。坂田の髪をつかみ、テーブルに顔を叩きつけた。激しい衝撃に、顔全体がかっと熱くなった。鼻血がふきだす。

「そ、そうじゃありません」

「はっきりいわんか！　こら！」

ダボシャツはぱっと髪の毛を離した。

「いてもたろか、おう？」

急にぞっとするほど静かな口調でいう。

「モスグリーンのスーツを着た人に会わせて下さい。そうすれば話がわかります！」

坂田は叫んだ。声が甲高《かんだか》くなった。

「おらん、いうとるんやろが。捜すか、ここ」

スウェットはいい、肩をそびやかした。坂田は上着の内側からハンカチをとりだし、鼻にあてた。

「上の階です」

「頭ええのお」

ダボシャツが一本調子でいって、坂田の頬を平手でぴしゃぴしゃ叩いた。

「東京者はよ、頭ええわ。兄ちゃん、大学出か」

坂田は仕方《しかた》なく頷《うなず》いた。

「そやろな。自分ら、高校もろくにでとらんからな」

不意に肘打ちを見舞《みま》われ、坂田は勢いでスウェットにもたれかかった。

「痛いな！　このアホが」

スウェットは坂田の腹を殴った。坂田は体をくの字に曲げた。

「お願いです……。ベンツに乗っていた人に会わせて下さい」

吐《は》きそうになるのをこらえていった。

「知らん、いうとるやろが。頭ええんとちゃうか」

坂田は、二人に嬲《なぶ》りものにされているのだ、と気づいた。これではどうにもならない。

「わかりました……。僕がまちがってました。すいません、帰らせて下さい」

「何いうとんねん。人の事務所におしかけてきて、イチャモンつけといて、これで帰りますか？　そんなわけにはいかへんのや、こら」

背中を、息が詰《つ》まるほど殴られた。坂田は床にひざまずいた。咳《せき》こみ、鼻血と唇の血がとびちった。

「騒がしいな、お前ら」

不意に扉が押し開けられた。あの男だった。モスグリーンのスーツの男がアタッシエケースを手に立っていた。

二人がぱっと立ちあがった。直立不動の姿勢をとった。

「何や」

スーツの男が部屋のようすを見とっていった。

「それだ……」

坂田は呻《うめ》くようにいった。

「このガキが入ってきて、わけのわからんことをいうとるんです」

ダボシャツがいった。

「そのアタッシェケースが僕のなんです」

「黙っとれ！　おどれは！」

横腹を蹴あげられて、坂田は一回転した。

「ちょっと待ちや」

スーツの男は制した。坂田はわき腹をかかえて動けずにいた。

スーツの男がしゃがみこんだ。

「このアタッシエ、鍵かかっとんのや。何番や」

低い声でいった。

「一二二八、です」

坂田は頭を床に押しあてたまま答えた。

カチカチという音がした。番号錠《じょう》を合わせている気配があった。留め金が開く、カシャッカシャッという音がつづいた。

坂田は苦しい息の下で首を回した。

スーツの男は無表情でアタッシェケースの蓋《ふた》を開いた。中味をちらりと見て、すぐさまばたんと閉じた。

「おい！」

厳しい声だった。

「へえ！」

二人が返事をした。

「このガキ、連れてこい。本部の叔父貴《おじき》のところいくで」

「へえ」

坂田は両わきに腕をさし入れられるのを感じた。頭がくらくらして、ひどく気分が悪かった。

「立てや、こらっ」

「しっかりせんかい」

むりやり、立ちあがらされた。恐しい顔になったスーツの男が坂田と向かいあった。

「ゆっくり話聞こやないか。納得いかへんかったら、大阪湾、沈めさせてもらうで」

髪をつかみ、顔をうわむけると、ささやいた。

男は目顔《めがお》で合図した。坂田はひきずられ、扉をくぐった。

両脚にまるで力が入らない。恐怖で金縛りにあったようだ。

「しゃんとせんか、こらっ」

耳もとで怒鳴られても、どうにもならなかった。腰から下が砕けてしまっているのだ。

吊るされるようにして、階段をおりた。

「ほら、乗せや」

スーツの男がベンツのロックを解き、後部席のドアを開いた。二人がかりで押しこめられそうになる。

「待ったって！」

そのとき、女の声がした。

「なんじゃや、お前は?!」

スーツの男がふりかえった。

「その人の友だちや。約束して待っとったんや。どこ連れていくん?!」

坂田はベンツの天井に手をつき、ふりむいた。真弓がいた。止まっているタクシーの窓から顔をつきだしていた。

「どこ連れていこうとええやないか。文句あんのか、こら」

ダボシャツがタクシーのボンネットを蹴った。

「お巡《まわ》りさん、今呼んだとこや。その人離さへんと、人殺しぃ、叫ぶで」

「何やと」

スウェットも坂田のかたわらを離れた。タクシーに歩みよる。

「おりてこんか、こら」

「おりてってもええよ。そのかわり、うちの体に指一本でも触れたら、大声だすで」

真弓はいった。

「何やと――、あっ」

「サンちゃんや、ないの」

「真弓ぃ」

スウェットが絶句した。坂田は目をみひらいた。

「あんた、まだ足洗われへんの」

「黙っとれや」

スウェットはあわてたようにいった。

「知りあいか」

スーツの男が訊《たず》ねた。

「へえ、ちょっと」

今しかない。坂田はよろけるように走って、タクシーにとびついた。

「あ、こらっ」

「叫ぶで！」

真弓が怒鳴った。

「くっ」

「あんた、ええ加減にせんと、ケンにいいつけるで」

「放っとけや」

「ええんやな」

「何ごちゃごちゃいうとるんや?!」

スーツの男が大声をだした。

「乗り」

真弓が早口の小声でいった。坂田は開いていたタクシーの後部ドアをくぐった。

「待たんか、こら」

ダボシャツが大またで歩みよった。運転手が首をちぢめた。

「いって、運転手さん、いって」

真弓がせきたてた。

キィイという自転車のブレーキをかける音がひびいた。自転車に乗った巡査がふたり、本当にやってきたのだった。

「どうしたんや」

警官がのんびりした口調で訊ねた。

「何でもあれへんわ」

ダボシャツがツバを吐いた。

「お姐《ねえ》さん、どうかしたん？」

「顔ひっこめといて」

真弓はいい、窓に笑顔を向けた。

「すいません。ちょっと飲みすぎてしもて、この人がからんだんです」

「気ぃつけ。相手はやあさんやで」

警官は小声でいって、ベンツの方をふりかえった。

「何でもないんやろ。え？」

もうひとりの警官がいっている。

(何が、何でもないんだ?!)

坂田は身を起こそうとした。真弓の腕が、その首をおさえた。坂田は真弓のトレーナーに顔をおしつけられた。

「何でもありまへんわ」

スーツの男がいうのが聞こえた。落ちついた声だった。

「早よ、いきや」

タクシーをのぞきこんでいた警官がいった。運転手が頷いた。

「すんまへん」

タクシーが発車した。

真弓のトレーナーから、香水の甘い匂いが坂田の鼻にさしこんだ。やがて、首すじに加えられていた力が消えた。

「もうええよ」

坂田はシートに背中を預けた。白いトレーナーに、坂田の血が染《し》みを作っていた。

「くそっ」

とつぶやいた。くやしくて、涙が浮かんでいた。

「やられたな」

真弓がつぶやいた。

「ああ……助かったよ。ありがとう。殺すっていわれた」

「アホやな、ほんまに」

真弓がつぶやいた。目を閉じ、ほっと息を吐いた。

「トレーナー、よごした……」

「ええわ」

「だけどどうして警官に嘘を？」

「ほんまのことというたら、あとが大変や。あんたはええけど、あたしはこれからも大阪で暮らしてくんやで」

「そうか……」

坂田は目を閉じた。涙がこぼれ落ちた。鼻血は止まったようだ。

「でも、戻ってきてくれるとは思わなかった」

「別に」

真弓はいった。怒っているような声だった。ふたりは沈黙した。

坂田には知らない街を走っていたタクシーの運転手がいった。

「ここらへんでっか？」

「その信号の先んとこでええわ。あんた、歩ける？」

真弓が答えて、坂田に訊ねた。

「大丈夫だと思う」

「病院いかれた方がええんとちがいます？」

運転手がミラーごしに訊ねた。

「大丈夫やて、本人いうてるから」

「そうでっか」

タクシーが止まった。

「金……」

坂田は力なく、右手をもちあげた。

「ええわ。あとで」

真弓がいって、払う気配があった。

「さっ、降りて……」

真弓にかかえられるようにして、坂田はタクシーを降りた。そこは一軒のマンションの前だった。細長い建物だ。

見回すと、コンビニエンスストアが通りの向かいに一軒ある他は、ほとんどがマンションのような建物ばかりだ。

「暗いな」

坂田は建物を見上げ、つぶやいた。どの窓にも明りが点《とも》っていない。ひとつの建物で、明りのついた窓はふたつくらいしかない。

「皆んな仕事や」

真弓はいって、金属製の郵便受けが並んだ狭いロビーをくぐった。正面にエレベーターがある。

「ここは何ていうところだい」

エレベーターの壁に寄りかかって、坂田は訊ねた。

「大国町《だいこくちょう》や。この辺に住んどんのは、ミナミの水商売の子ばっかりや」

エレベーターは四階で止まった。真弓は廊下を歩きながら、バッグから鍵をとりだした。

廊下には四つの扉が並んでいた。手前から二番めの扉に、真弓は鍵をさしこんだ。

「入って」

開いた扉の内側に、真弓は坂田を押しやった。中は明りがついていた。

小さな三和土《たたき》に靴箱が積まれていた。でているのはサンダルとスニーカー、それにハイヒールが二足だった。箱の数は十以上あった。坂田はそこで靴を脱ぎ、上がった。

細い廊下にそうようにして、二つの部屋が並んでいた。右側に小さなキッチンがある。

二人は奥の部屋に入った。カーペットをしいた六畳間で、背の低いガラステーブルが中央におかれ、正面がアルミサッシの窓だった。

「すわって」

いわれるまでもなく、坂田はカーペットに尻もちをついた。ガラステーブルの上には、黒い陶器の灰皿と、ダイエットコークの缶がのっていた。入って右手の壁にサイドボードがおかれ、ＣＤプレーヤーと写真立て、こまごまとした飾りものが並んでいる。

部屋の中はきちんと片づいていた。

じゃらじゃらと、ガラステーブルにキィホルダー、バッグをおいた真弓がかがみこんだ。

「顔、見して」

坂田は息を吐き、背後に両手をついた。真弓はすぐに立ちあがり、玄関の方に戻った。

バスルームのものらしいドアを開閉する音が聞こえた。濡らしたタオルを手に帰ってくる。

「これでふき。自分でした方がええわ。痛いかもしれへん」

「ありがとう」

坂田はいって、鼻の下にこびりついた血をふいた。

「顎《あご》の下にもついとるよ」

唇の傷はそれほどひどくはなかったが、腫《は》れている気配があった。

坂田はタオルをおき、胸もとを見おろした。ワイシャツとネクタイにも血がとび散っていた。

タオルでこすってみたが、ワイシャツは多少色をぼやけさせることができても、ネクタイの方は無理だった。

「これ、クリーニングだな」

「血はなかなか落ちへんからね」

二人はしばらく黙りこんだ。坂田はサイドボードを見るともなく見つめた。

ピエロをあしらった置時計が、十時少し前をさしていた。かたわらに写真立てがあった。

「上着、脱ぎ。襟《えり》のとこ、血ぃついてるよ」

真弓がいった。坂田は無言で脱いだ。

受けとった真弓がキッチンにもっていくと、濡らして、タオルで叩いた。

「はい」

「ありがとう。本当に、どう、お礼をいっていいかわかんないよ」

坂田はいって、返してもらった上着から煙草をとりだした。

「ほんまやね。何でここまでせないかんのやろって、タクシーで待ってるとき思ったわ」

真弓も煙草をくわえ、いった。

「何でしてくれたんだい」

「わからへん。最初、ゲームセンターで会うたとき、あんたが大阪者は嫌《いや》な奴ばっかりやいう顔しとったからかもしれん。大阪きて、嫌な目におうたら、誰でもそう思うやろ。うちかて、東京いって嫌な思いしたことあるし」

「どんな？」

「タクシーが田舎者や思て、遠回りしよったん。あとで東京からきたお客さんに訊《き》いたら、料金倍以上やった」

「信じらんないな。今どき、そんなタチの悪いのがいるかな」

「あんたら東京の人間は慣れとるさかい、絶対そういう目にあわへんのや。けっこうあるで、そういうこと。うちら、ひと言口きくと、こっちの人間やわかるからね」

「僕らもそうさ。大阪では」

真弓は首をふった。

「そうやないよ。東京の人間は、東京であたり前のことは、どこいってもあたり前や、思うとる。大阪の人間は、これは大阪だけのことやなってわかってるもん。東京いって、大阪のやり方、通用せんの知ってるもん」

「そうか……」

「大阪、嫌いになった？」

坂田は苦笑した。

「大阪のヤクザは嫌いだな。別に東京のヤクザが好きってわけじゃないけど」

「やあさん、好きな人間なんておれへんよ。中には、やあさんでもないのに、やあさんにまとわりついて機嫌《きげん》とっとるのおるけど、そういうのんは、いちばんえげつない奴らや。やあさんが恐がられるの知っとって、それを利用して喜ぶ奴や。虎の威《い》を借りる何とか、いうやつや」

「店にはこないの？」

「くるよ。いっぱい、くるよ。機嫌とったらな暴れるから、皆《み》んな、やさしするけど、本当は大嫌いや」

「さっきのあいつもそう？」

「あいつ?」

「サンちゃん、て呼んでた」

「あれはちゃう」

真弓は即座に首をふった。

「あれはチンピラや。あんなん、店には入ってこれへん。チンピラはな、幹部が中で飲んどるあいだ、車のそばで待っとるんや。何時になっても、一滴も飲まれへん」

「じゃ、どうして――」

真弓は、ふっと醒《さ》めた表情になった。

「知りあいの子分やったんや」

「その人も、じゃあ、ヤクザ?」

「ちゃうわ」

真弓の目が写真立てに向けられていることに、坂田は気づいた。

遊園地のようなところで、真弓と、オーバーオールを着た五歳くらいの男の子が並んで写っていた。真弓はしゃがみ、男の子は立って、Vサインをだしている。ふたりとも楽しそうな笑いを浮かべていた。

その目もとは真弓にそっくりだった。

「裕也《ゆうや》、いうんや」

「君の子……」

「そや。うち十七のとき結婚して、この子、産んだんや。三年で別れてしもた。実家のお母ちゃんが今、みてくれてる。健康ランドいったときや、これ」

「健康ランド？」

「奈良にあるんや。きのうもいってきた。日曜は、月に一回はな、連れていくんや。そやないと、顔、忘れられてしまうもん」

「子供がいるなんて……」

坂田は首をふった。とても信じられなかった。が、真弓はあっけらかんといった。

「多いよ、ミナミの子は。たいてい皆、ヤンキーやったりして、若い頃、やんちゃしとるからね。結婚、早いんや。十八、九で子供作っとるような子、どこの店にもおるわ。そいで離婚して、子供、実家に預けて、水商売や。隠さへんしね」

真弓は何を思いだしたのか、急に笑顔になった。つられて坂田も笑顔になり、

「どうしたの？」

と訊ねた。

「うん。うちの連れでな、ひろみいう子がおってな。その子も子供がおるんや。それ

で彼氏ができると、日曜なんか、三人でご飯食べにいくんや。その子供、ケイタいうんやけど、ごっつうおもろい子でな。こないだ、ケイタとひろみと三人で、ご飯食べたんや。そいでうち、なにげなく、ケイタに、

『最近、パパに会うとる?』訊いたんや。

そしたらケイタ、首ふりよったん。だから、『何で』訊いたら、ケイタがな、

『あのな、姉ちゃん、うちのパパな、死によったん』

いうねん。うち、びっくりして、

『死んだぁ?!』

いうて訊きかえしたら、

『うん。死んだぁ』いいよるん。あとで、うち、ひろみに、

『彼氏、ほんまに死によったん?』訊いたら、

『ちゃう。せやけど、今度のパパ、ケイタ、気にいっとったんや。そやから、別れた、いえへんやろ。何で別れたんや、て怒られるさかい、死んだ、いうたんや。仕方あらへん』て」

「無茶だな」

「せやろ。でも、ひろみって、平気でそういう風にいう子やねん。このケイタも、む

ちゃおもろい子でな。うち、大好きや」

真弓は、楽しげにいった。

坂田は何と答えてよいかわからずにいた。

「なんだか、すごく、明るいな」

「何で？　別に、ふつうのことやんか」

「ふつう、か……」

真弓はまた思いだしたのか、笑顔になった。

「でも、おかしない？　四つの男の子が、真顔で、『うちのパパな、死によったん』いうて……」

「おかしいっていえば、おかしいけど——」

「それいいよったときのケイタ、かわいいてな」

ケイタという男の子の表情を思いだしているのだろう。真弓の笑《え》みは、やさしかった。

(こんな笑い方、店でもしているのかな)

坂田が思ったほどだった。

笑いやむと、真弓は訊ねた。

「あんた、結婚は？」

「してないよ」

「今、いくつ？」

「二十七」

「へえ、若いな。もう三十いっとるか、思うたよ」

「ひどいな」

「東京の子は、老《ふ》けて見えるわ」

「君はいくつなの」

「二十三や。ミナミじゃ、もう、おばさんやね。せやけど、キタは肌にあわんし」

「キタとミナミはちがうのかい」

「キタは、接待の店が多いんや。気どっとるしね。東京の人は、キタの方がええ、いうよ。銀座《ぎんざ》みたいやからって」

「わかんないな」

坂田は首をふった。

「あんまり、飲みにいけへんの？」

「そんな身分じゃないよ。銀座とか……」

「そうか。そやろな。うちらの店も、最近は若い人、来ぃへんわ。景気悪いんやろな」

「ずっと、水商売なの」

「とりあえず、やな。そのうち何かやろ、思てるけど。他にできへんし。高校も中退やし……」

「そういえば」

坂田はいった。

「さっき、ぼけ、やっととった、っていってたよね。何なんだい、あれは」

「嫌なこと訊く子やな」

真弓は顔をしかめた。

「ほんまに知らんのん」

「ああ」

「シンナーや」

「あ……」

坂田はようやく理解した。東京では、アンパンという。

「アンパンじゃないんだ」

「何や、それ」

「こっちじゃ、アンパンていうんだ」

「ふうん。うちら、ぼけ、いうよ。ぼけしてる、とか、カンぼけ、ともいうわ」

坂田が黙っていると、少しあせったように真弓はいった。

「もうやってへんよ」

「そりゃそうだろうね。大人になってもやるものじゃない」

「子供でもやるもんやないよ。うち、裕也産んだとき、歯ぁ全部なくなってしもたもん」

「歯が？」

「うん。歯茎がな、溶けて痩せてしまいよるんや。そやから、全部、抜けてしもた。そんときはもう、やっとらへんかったよ。そやけど、ぼろぼろや。うち、今、総入れ歯や。外したら、いきなりお婆さんの顔になってしまうわ」

「そりゃ恐そうだ」

「何いうてんねん」

真弓は坂田をにらみ、吹きだした。ひとしきり、ふたりで笑った。笑いやむと、真弓はいった。

「よかったんは、裕也が元気やったことや。それだけ、うち、心配やったから」

「そうだね」

真弓は坂田をじっと見つめた。

「あんたは、そういうやんちゃ、何にもしとらへんみたいやね」

「うん。真面目《まじめ》だったよ」

「――真面目がいちばんやな」

真弓はしみじみといった。

「そうかな」

「最近、つくづく思うわ。真面目がいちばんやて。若いときは、派手やったり、悪いのんにあこがれるけど、年いってくると、真面目がいちばんやな、思う」

「けれど、こういうときは、何もできない。いいように小突《こづ》き回されるだけさ。情けない」

坂田は息を吐いた。

「そんなん関係あらへんよ。なんぼ喧嘩《けんか》に強かっても、世の中じゃ何の役にも立たへんわ。それに相手、やあさんやもん」

「それは……そうだけど……」

「やあさん相手にして勝てるんは、同んなじやあさんか、お巡りか、あとは――」

言葉がとぎれた。そして坂田を見た。

「あんた、あのバッグ、とり返さへんと困るんやろな」

「うん。でも、もう無理だよ」

「きちっと、筋《すじ》立てて話すれば、何とかなるかもしれへんよ」

「だってそのつもりでいって、このざまだもの」

「カタギはあかん。ナメられるからね」

「いいよ。あきらめたよ。この傷を見れば、支社の人たちもわかってくれる」

「新製品、いうとったね」

「うん」

「何？」

坂田は一瞬、迷った。だが今さら真弓に隠すこともない。

「チップスだよ。オニオンスライスをチップスにしたんだ。まだどこのメーカーも作ってない。おかかい味と、ガーリック味のふた種類」

「チップス？」

「そう」

真弓はあきれたように目を丸くした。

「ポテトチップスの仲間か」

「そう。材料は玉ネギだけど」

「あんた、そんなもんのために、どつき回されたんか?!」

「そういうけど、オニオンスライスをからっとチップスにした製品はまだないんだ。製法に工夫があって、この暮れの、うちの目玉《めだま》商品になるんだ」

「はあっ」

真弓は声にだして、ため息をついた。

「やあさんら、驚くやろね。開けたら、チップスでてきて」

坂田はモスグリーンのスーツの男の顔を思いかえした。驚くどころではなかった。決死の形相《ぎょうそう》をしていた。

「ひょっとしたら、本物のアタッシェケース、僕がもってると思うかもしれない」

「そやろな……。やっぱり、あかんわ」

「何が?」

真弓はぼんやりといった。

「うちの知りあいにな、こういうときは頼りになるんがいてるんやわ。やあさん嫌いなんやけど、やあさんの間では有名なんや」

「どうして？」

「ごっつ、喧嘩に強いんや。喧嘩の弟子入りしたい、いうやあさん、いっぱいおったくらいや。その人に頼も、思たんやけど……」

「ひょっとして、ケンていう人？」

真弓は驚いたように顔をあげた。

「そうや。何で知ってるの？　知りあいか、あんた」

「ちがうよ。さっき、あそこでスウェット着たヤクザにいってたじゃない。『ケンにいいつけるよ』って」

「そうか……」

そのとき、玄関のインターホンが鳴った。

「何やろ、こんな時間……」

坂田は時計を見た。もう十一時近い。

真弓は立ちあがり、キッチンの壁にとりつけられた受話器をとった。

「はい」

玄関で喋る声が、インターホンを通さなくとも、ドアごしに聞こえてきた。

「ツルハシの、カネクラさんの使いの者ですわ。真弓さんに、いうて、ことづかりもん、あります」

「ケンの？　ちょっと待っとって」

真弓は受話器を戻し、玄関にいった。ドアロックを解く音がした。

「はい――。何やの！　あんたら?!」

次の瞬間、叫び声があがり、坂田は、はっと身を起こした。複数の人間が土足で上がりこむ、どたどたっという靴音がひびいた。

「――ちょっと、いやっ、何――」

「じゃかしい。静かにせんと、ぶすっといくで」

はがいじめにされた真弓が三人の男たちにひきずられて現われた。あのやくざたちだった。ひとりは見知らぬ男で、革手袋に革ジャンを着て、真弓の喉もとに匕首《あいくち》をつきつけている。その刃先の白い光を見て、坂田は身動きできなくなった。

あとの二人は、モスグリーンのスーツの男と、緑のスウェットを着たチンピラだった。

スーツの男が先頭に立ち、真弓をはがいじめにしたジャンパーの男がつづき、スウェットがいちばん最後にしたがっている。

スウェットは、怯《おび》えたような表情を浮かべていた。

「おったわ」

スーツの男は坂田を見おろすとつぶやいた。坂田の前にしゃがんだ。

真弓が体をくねらせた。

「やめとけ。大声だして人がきても、鼻を削がれたあとじゃ、何の役にも立たんぜ」

革ジャンの男が、真弓の耳もとでいった。坂田ははっとして男を見やった。インターホンに向かって喋った声だった。しかし、今の言葉に、関西訛《なま》りはなかった。

坂田はすわりこんだまま動けずにいた。

「探したで。サンジがここ知っとって、よかったわ」

スーツの男は坂田の目をまともに見すえながらいった。

「サンちゃん、あんた——」

真弓が首をねじろうとして、

「黙れ」

革ジャンパーに嚇《おど》された。

「わしらときてもらおか。死にとうないやろ。ん?」

スーツはいった。

「な、何のために？」

「大事なことや。わしらの大切なもんがのうなってしもたんでな。お前に会いたい、いうとる人がおるんや」

「誰です？」

「やかましい。お前は、ががたいわんでええ」

スーツの男は馬鹿にしたような節回《ふしまわ》しでいった。

「わしらといっしょにくるんか、ここで腹、裂かれて死ぬかや」

坂田は目を閉じた。今度こそ、本当に悪い夢を見ているようだった。だが目を開いても、やはりそこには、自分をじっとのぞきこんでいるスーツの男がいた。

「わかりました」

スーツの男は頷いた。そして坂田の肩をぽんぽんと叩いた。

「ほな、いこか」

# 5

「けいさつ」とひらがなで書かれた標識が見えた。警察署があるのだった。

そのま向かいを、ベンツは右折した。広い駐車場に入った。屋根つきの、近代的な感じのする広い駐車場だった。何十台という車が駐車されている。内側に緑色のフェンスが立っていて、その向こうが明るかった。

照明を浴び、芝生の庭園が広がっている。

真弓のマンションから、およそ二十分ほど走り、連れてこられた場所だった。

庭園はひどく明るい。グラウンドのように夜間照明が煌々《こうこう》と輝いている。

恐怖と不安で、ぼんやりとしか眺められなかった坂田にも、やがてそれが何であるかがわかってきた。

銀色に輝くものを手にした人々が、広大な芝生のあちこちに散らばっている。そして、強い夜風にひるがえる旗竿《はたざお》が、そこここに立っていた。

（ゴルフ場だ）

本格的なコースというわけではない。キャディらしい人間もいない。おそらくショートコースだろう。

だが、午前零時近い時刻に、営業しているショートコースがあるのは驚きだった。

「降りな」

ベンツが停止すると、スーツの男がドアを開けていった。

「姐《ねえ》さんは残るんや。お前はわしと来い。へんな真似しよったら、姐さんと二度と会われへんぞ」

革ジャンの男と真弓は、ベンツに残った。降りたのは、サンジというスウェットのチンピラと、スーツの男、そして坂田だった。

坂田は二人にはさまれるようにして駐車場をくぐりぬけた。

ガラスの自動扉がはまった大きな入口がある。

中に入ると、ピシッ、パシッという音が、正面から間断《かんだん》なく聞こえてきた。打ち放しのゴルフ練習場も併設されているのだった。

ロビーには受付があったが、スーツの男は無視して、まっすぐに進んだ。

ゆるやかなカーブを描いて、重層式の打球場が、正面の緑色の芝生に向かっていた。奥行きは広く、二百メートル近くある。照明灯の光の中を、あちこちの打席から打ちだされた無数の白球が舞っていた。

平日の深夜だというのに、打席は三分の一近くまでが埋まっている。

「こっちや」

打球場に入ると、スーツの男は右手に進んだ。左側に打席があり、右側に点々とボールの販売機がおかれている。

練習をしているのは、若いサラリーマンや、学生のようなカップルが多かった。楽しそうに教えあい球を打っている。その姿をほんのまぢかで見ていながら、坂田ははるかに遠い世界のできごとのように思った。

これからいったいどういうことになるのか、想像もつかなかった。殺されてしまうのだろうか。だが、いくらなんでも、こんな多勢の人がいるところでは殺したりはしないだろう。

急に空いた打席が多くなった。人がいない。が、右端近くに、四、五人の男たちが固まっている打席がひとつだけあった。他の客たちが避けて、近づかないでいる打席だった。

目つきの悪い、ひと目でやくざとわかる一団が腕を組み、立っていた。

で腰かけている。

打席のうしろの椅子に、まっ赤なワンピースを着た、派手な女がひとり、足を組ん
　打席には、小柄だがずんぐりとした体格の半白髪の男が立っていた。隣の打席に入りこんでいるチンピラが、ゴム製のティに白球をおくたびに、手にしたクラブで打つ。

　球はほとんどが大きく右に切れ、ネットにぶつかって落ちていた。

　スーツの男は、打席のうしろまでくると立ち止まった。煙草《たばこ》を手にした女がちらりと背後を見やったが、何もいわない。濃い化粧に、あきれるほどの数の装飾品をつけている。

　半白髪の男が打った。メタルヘッドのドライバーらしいクラブだった。球はまたも右に切れ、舌打ちをした。

「あかんな。右端がスライスにええて、書いてあったんやけど」

「でも飛んではりまっせ」

　ボールをおく係りのチンピラがいった。光沢のあるビニールのスイングトップを着ている。

「アホ。ありゃ、皆んなOBじゃ。なんぼ銭があっても足らんわい」

スーツの男は声をかけずに待っていた。半白髪は息を吐き、クラブをチンピラに渡した。

「ひと休みや」

背後をふりかえった。目の下に黒ずんだ隈《くま》があり、顔色が悪い。薄いピンクのゴルフズボンに、白い長袖のシャツを着ている。

「連れてきよったか」

坂田とスーツの男を認めると、無表情にいった。そして、いちばん端の打席の方に首を傾けた。

「へえ」

スーツの男は頷《うなず》き、坂田の背を押した。

半白髪の男は、手袋をした左手を掲げた。男たちのひとりが進みより、脱がせた。別の男が煙草をさしだし、半白髪がくわえるのを待って、ライターで火をつける。

坂田は打球場のいちばん隅に連れていかれた。

半白髪の男と、ボディガードらしい男二人がやってくる。二人は少し離れた場所で立ち止まった。

「さてと」

半白髪の男は、空いている打席の椅子に腰をおろした。モスグリーンのスーツの男が歩みより、かがんで、その耳もとに話しかけた。半白髪の男は無言で聞きながら、ときおり坂田を見あげた。その目は、ぞっとするほど鋭かった。

「わかった」

顎《あご》をあげ、半白髪の男はいった。スーツの男は立ちあがり、一歩退いた。

半白髪の男は、自分の隣の椅子をさした。

「兄《にい》さん、すわり」

坂田はおそるおそる、腰をおろした。半白髪は坂田のうしろの背もたれにまで腕をのばし、打球が飛びかう芝生の彼方《かなた》に目を向けた。

無言で煙草を吸っている。男のかたわらにすわると、コロンの香りがした。知らない匂いだった。

やがて半白髪の男は吸いさしを芝の方角に投げた。無雑作《むぞうさ》に、火を消さぬままだった。

「名前、何ちゅうんや」

「坂田です」

「坂田はんか。ええ名前やな。坂田三吉、いうたら、大阪者の誇りや。東京から来よったんやて」

「はい」

「災難やな。わしらも大災難やけどな」

「…………」

「せやろ」

男は返事をうながすようにいった。

「はい」

「あんたのとまちがえたアタッシェケースな、何が入っとったんか知りたいか」

「…………」

「知りたいやろ」

「はい」

「銭《ぜに》や。ごっつい銭や。あんた給料、なんぼ」

「二十万くらいです」

「ええな。そんなもらえるんか。年間なんぼ？」

「ボーナスとあわせて、三百万くらい、です」

「ほうか。独身か」

「はい」

「それやったら贅沢《ぜいたく》、できるな」

「…………」

「あの中の銭な、五千万や。あんたの十六年ぶんや。どないしよう。ん？」

坂田は無言だった。恐しくて、全身が固まっていた。この半白髪の男のひと言で、自分は殺されるかもしれない。

「あのな、あんたが悪いわけやない、いうのんは、わしも知っとる。それにまあ、五千万いうたら大金やけど、どうにかならんわけでもない。問題は、や」

坂田の方に向きなおった。

「わいらは、あの金とひきかえに、ある品物を先方に渡すことになっとった。いうたら取引や。わかるやろ」

「はい」

「あんたのとまちがえよったアホがいちばん悪い。が、二番めに悪い奴がある。誰やか、わかるか？」

「いえ」

坂田は肩をどやされた。強い力で、体が揺れた。

「頭、使いいな。あそこでな、わいらの品物をとりにきたやっちゃ。銭もって。そいつはな、品物もって、わいらに払う銭ももって、いきよったん。わかるか。タダや。タダでわいらの品物、もっていきよったん。そやけど、証拠あらへん。領収証ないさかいな」

「……」

「もっていきよったんは、わいらの品物を先方に届ける役の男や。品物は、ちゃんと先方に届いとる。せやけど、銭はこっちに届いとらん。先方は払《はろ》た、いうとるよ。そりゃいうわな。確かに銭は、運ばせよったんやから。問題は、銭受けとる人間がや、銭や思て、ぜんぜんちがうもんをもってきよったことや。あんたのアタッシェケースや。銭運びよる人間は、こりゃラッキー、ちゅうわけや」

「でも……取引なら、ちゃんと払わないと……」

「そうや。その通りや。ところがや」

男はポンと膝を叩いた。

「悪い奴がおるわ。あそこで銭ネコババしよってな、誰が文句いう、どこに文句いう、考えよったんやな。わいんとこが文句いう。先方の組に文句いう。どないなる？」

「……わかりません」

「喧嘩《けんか》や。払った、払わん、で喧嘩や。しまいに、バンバン、や。そないなったら、警察でてくるで。新法やもん。警察、はりきっとるさかいな。わいらヤクザ、皆んなひっくくってしまえ、いうて。検事さんに尻ひっぱたかれてよる」

「…………」

「マズい、いうことや」

低い声でささやいた。

「けど、このままも、マズいやろ。銭もっていきよったんは、先方の組のええ顔の舎《しゃ》弟《てい》や。組員やないけど、かわいがられとる。運び屋にはなるべく、自分とこの組員使わんのんが、やり方やからな。万一のとき、頼まれた、いうて逃げるためや」

「…………」

「向こうの組は何もせん。けどな、うちの組が、その運び屋の兄ちゃんさらったら、こりゃ喧嘩や。当然、いうてへんやろからな、銭ネコババした、ちゅうんは。品物、ちゃんと届けよったから、覚えもめでたいわ。そやから、うちが手だしたら、喧嘩売つとるんか、いうことになる」

「はい」

男はゆっくり頷いた。

「坂田はん」

坂田は顔をあげた。

「あんた、いったってや」

「……ぼ、ぼ、僕がですか」

「そうや。あんたかて困っとる。あんたがいって、そのネコババしよったたんに話つけや」

「そんなこと無理です」

「それはちゃうよ。誠意や。誠意、見したってや」

「でも……そんな……」

男は坂田の首をつかみ、ひきよせた。

「あんたがでけへんかったら、うちもあきらめるわ。五千万やけど、しようがない。そいつかて、鬼やないやろ。カタギのあんたが死ぬほど困っとる、いうたら、だすんやないかな」

「できませんよ、そんな。かんべんして下さい」

「坂田はん。わかったってや。世の中や。世の中の仕組なんや。かんべんでけんな。

したら、うちはコケや。笑い者なってしまうさかいな」

男は坂田の目をのぞきこんだ。坂田の口が一瞬で渇いた。それほどすごみのある目だった。

「道案内はつけたる。そいつが飛んでへんのもわかっとる。飛んだらネコババや、いうのん認めたようなもんやからな。お前がとりかえしてくるんや。明日の朝までやで」

「…………」

男はにたっと笑った。

「ここな、二十四時間営業や。わい、のんびり、練習しとるさかい。待っとるよ」

「無理ですよ」

恐しいほどの力が首に加わった。

「お前な、東京からきたから知らへんやろ。ここの先な、海や。コンクリの重しつけて、いっぱい、人沈んどるで。銭、かえってこんかったらな、お前と、お前の連れの姐ちゃん、チヌのエサや」

坂田を離し、無表情になった。

「わかったな」

坂田はうつむいた。顎をつかまれた。

「わかったな、いうてんのや」

「はい」

「ええ子や」

にこりともせずに、男はいった。

# 6

坂田につけられた「道案内」は、サンジだった。

三人はゴルフ練習場をでて、駐車場に戻った。ベンツの中で、真弓と革ジャンの男が待っていた。

三人がベンツに乗りこむと、

「話はついたのか」

革ジャンの男がいった。

「ついた。サンジ、お前、この兄《にい》さんについてったれ。そこに止めてある、唐山《からやま》のシーマ、使え。キイ、預かってきたからな」

スーツの男がいうと、

「へえ」

サンジは頷《うなず》いた。スーツの男は坂田を見つめた。

「兄さん、わかっとるやろな。逃《ふ》けたら、姐《ねえ》さん、死ぬで。預かっとくからな」

真弓の顔が蒼白くなった。

「この人は、何も関係ないんです。ただ親切で──」

「関係ないことあらへんわ。お前の連れやろが」

「いや、そうじゃないんです」

「やかましい。ごちゃごちゃいうな。心配すな。お前がちゃんと銭もってきよるまで、指一本、触れへんわ。そのかわり、あかんかったら、五千万、体で稼《かせ》がすよってにな。雄琴《おごと》にでも沈めたるわ」

雄琴、というのが、ソープランド街をさす地名であることは、坂田にもわかった。

スーツの男はサンジを見た。

「ええか、叔父貴《おじき》のいうたんは、明日の朝や。あのガキ、どこにおるか、わかっとるやろ」

「へえ。十三《じゅうそう》の事務所か、ミナミの麻雀屋ですわ」

「向こうとはことかまえんようにせえよ。あくまでも個人レベルで処理するんや。ええな」

「へえ。せやけど、あかんかったらどうします？」

「アホ！　あかんちゅうことあるか。叔父貴がやれ、いうとんのやぞ。死んでもやらんかい」

「へえ」

真弓が不意に口を開いた。

「サンちゃん、やっぱりあんたアホやな。結局、貧乏クジやないの」

「黙っとけ」

サンジは力なくいった。革ジャンがおかしそうに頬をゆがめた。

「大阪の女は、気が強いな」

「おい」

スーツの男がサンジの肩をひきよせた。何ごとかを耳打ちした。そして口を離して、

「やたらに見せるんやないぞ」

「へえ」

「シーマの鍵や」

スーツの男はキィホルダーを手渡した。

受けとったサンジは坂田をふりかえった。

「いくぞ、こら」

怒ったようにいう。坂田はなす術《すべ》もなく、真弓を見た。

「真弓さん――」

「いかんか、こら」

サンジは坂田の肩をこづいた。

真弓は無言で坂田を見かえした。

「ごめん」

真弓の頬に、あきらめたような笑《え》みが浮かんだ。

「騒いでもしょもないわ。がんばって」

「やれるだけやってみる。そして、迎えにくるから」

真弓は頷いた。

「泣けるね」

革ジャンの男がせせら笑った。坂田は思わず、その男をにらんだ。

「何見てやがんだ、この野郎！」

男が口調をかえた。

だが坂田は無視してベンツを降りた。革ジャンの男が窓から顔をだした。

「おい」

サンジと歩きだそうとしていた坂田はふりかえった。

「てめえ、帰ってきたら、話があっからな。覚えてろよ、この野郎」

ツバを窓から吐《は》き、いった。

坂田は答えずに歩きだした。

二人の足になるシーマは、駐車場の外れに止められていた。かたわらに、白のベントレーが止まっていて、運転席に若い男がすわっている。

サンジの姿を見ると運転手は窓をおろした。

「ご苦労さんです」

「おう」

サンジは不機嫌そうに頷き、シーマのドアにキィをさしこんだ。

「乗れや、早《は》よう」

坂田に命じる。坂田が助手席にすわると、力いっぱい運転席のドアを閉めた。

「くそっ」

吐きだして、エンジンをかけた。

坂田はサンジの横顔を見つめた。自分より、ひとつふたつ若いかもしれない。第一印象は老《ふ》けているが、よく見ると目もとや頬のあたりに幼なさが感じられる。

駐車場をでて一般道に入ると、サンジはスウェットの胸ポケットをなでまわした。

「お前、煙草《たばこ》もっとるか」

坂田は無言でマイルドセブンの箱をさしだした。一本抜いたサンジは、黙ってかえしてよこした。シガレットライターをおしこむ。

「——ここは何というところですか」

坂田は口を開いた。

「住之江《すみのえ》や。すぐそこが南港《なんこう》や」

「ナンコウって何です？」

「港や。北港《ほっこう》と南港に分かれとる」

坂田は無言で頷いた。

「ついてへんわ。ほんまに」

シーマの窓をおろし、煙草の灰を外に散らしながらサンジはぼやいた。そして坂田を見た。

「お前、大阪ようくるんか？」

「初めてです」

「それじゃ何で真弓と知りおうたんや」

「偶然です。ミナミのゲームセンターで、僕のアタッシェケースをもっていった男をつかまえたとき、その場にいて——」

「あいかわらず、節介《せつかい》やな」

「いい人です」

「知っとるわ、そんなことは」

サンジは吐きだすようにいった。

「——参っとるんや」

小声でつぶやいた。

坂田は、サンジが真弓のマンションに押し入ってきたとき、怯《おび》えたような表情を浮かべていたことを思いだした。

「大国町《だいこくちょう》のマンションは、あなたが教えたんですか」

「だから何やっちゅうんじゃ。文句あんのか。兄貴にいわれたら逆らえんのや」

サンジは坂田をにらんだ。信号で止まり、坂田に向き直った。

「ええか。はっきりいうといたる。銭とりかえさへんかったらな、お前も真弓も、マジで南港やぞ。わいもな、ごっつ、しばかれるわ」

「でも僕らは関係ない。アタッシェケースをまちがえたのは、ゲームセンターの男だ」

「知っとるわ。すぐ追っ手かけたからな。あのクソ親父も、見つかったらフクロや。エンコじゃすまへんわ。とぼけおってからに」

サンジは前を向き、アクセルを踏みこんだ。シーマは激しいスピードでとびだした。

「——これからどこにいくんですか」

「ミナミや。ミナミに富岡《とみおか》のいきつけの雀荘《ジャンそう》があるんや、そこあたる」

「富岡というのが、向こうの運び屋の名前なんですね」

「そうや。富岡コウスケ、いうんや。空手やっとってな、ごっつ強いいうて評判の奴や。それで秋津《あきつ》さんにかわいがられとるんじゃ」

「秋津さん？」

「うちとこの組の取引相手や。センバ会の秋津いうたら、大阪じゃ有名や。ワルで知られた人や」

「サンジさんの組は何ていうんです」

「堀河《ほりかわ》組や。センバ会とは、三年前に手打ちして、つきおうとるんや。センバ会の先代とうちの親父さんは仲悪かったからな」

「それで喧嘩《けんか》にならないようにと？」

「そや。けどな、もともとあわへんのや、うちとことセンバ会は。いっつもちょこちょこ、下がモメとるわ。センバ会の若い者がゾク狩りやったときに、うちのかわいがっとる阪神連合の者が骨折られたしな」

「ゾク狩りって何です？」

「知らへんのか、お前」

「はい」

「夏になるとな、ゾクがいっぱいでるやろ。それを待ちかまえとって、いたぶるんや。元ゾクやった奴が、木刀やチェーンもってきて、現役をフクロ叩きや。何考えとんのや、思うわ」

「それで、堀河組の若い人が怪我を？」

「組員やない、まだな。けど目ぇかけて、いずれはひっぱろ思うとった、気合《きあい》のある奴が全身骨折で入院よ。やりよったんは、センバ会の若い奴らや。奴ら、暇つぶしに、ゾク狩りやりよるんや」

サンジは腹立たしげにいった。坂田は息を吐いた。東京の都心部では、最近はもうめったに暴走族を見ることがなくなった。が、大阪は未だに多いらしい。

「富岡というのは、パンチパーマをかけて、がっちりした感じの人ですか」

「そうや。昔、目ぇ突かれて悪うして以来、いっつもスモークのサングラスかけとる」

将棋会館のエレベーターで鉢合《はちあ》わせしそうになった男だ。

するとあの男が、五千万の入ったアタッシェケースと例の黒革の鞄をもちさったのだ。

「富岡がシラ切っとるんは、バックに秋津さんがおるからや。ひょっとしたら、秋津さんも知っとるかもしれん」

「富岡というのは、センバ会の人間じゃないんですね」

「ちゃう。あいつはな、行儀《ぎょうぎ》見習いがあかんで、とびだしたんや。高校んときに別の組にひっぱられたんやが、そこがしつけに厳しいとこやったんや」

「しつけ。どんなことをやらされるんです」

坂田はサンジと熱心に会話した。サンジを味方につけなければ、自分や真弓に未来はない。

「ありとあらゆることや。電話番、掃除、使い走り。手ぇ抜くとな、血ぃでるほど殴られるで。トイレ掃除やったあとなんか、舐《な》めてみ、いわれるからな」

サンジはいった。坂田は頷いた。やくざの世界も修業時代は厳しいようだ。

「——兵隊はカスやからな」

サンジは自嘲《じちよう》的につぶやいた。坂田は急いで話を戻すことにした。サンジにあまり悲観的になられても困る。

「で、富岡って人を見つけたら、どうすればいいと思います？」

「それが問題や」

サンジも苦い顔になった。

「とぼけるに決まっとるやろからな。かといって正面切って喧嘩できへんし」

「組長さんは誠意っていってましたけど」

「おっしゃった、いわんかい。せやけど、富岡に誠意なんぞこれっぽっちもあらへんやろな」

サンジは、坂田が泣きたくなるようなことをいった。

坂田は大きなため息をつき、煙草をくわえた。

「灰皿、つかうなよ。唐山の兄貴は、煙草嫌いなんや」

サンジの言葉に煙草をしまった。

「なんや、吸えへんのか？」

「灰皿が使えないなら」

「窓からほかせ」

「火のついた吸い殻を捨てたら、どっかで火事になるかもしれません。それに、道路がよごれますし」

「お前の家やないやろが」

「そりゃそうですけど……」

「かわった奴やな。そんなこと心配してどないすんのや」

「何となく、嫌《いや》なんです」

「ええかっこしいや」

「そういうわけじゃありません」

「年、いくつや」

「二十七です」

「そうか。わいより上やな」

「いくつですか」

「二十四や」

サンジはいった。

シーマは繁華街にさしかかっていた。

「ミナミや。とりあえず富岡に会うて、話してみる他ないやろ」

坂田は目を閉じた。きっと通天閣《つうてんかく》のそばの、サンジらの事務所を訪れたときより、ひどいことになる、そんな予感がした。サンジの話では、富岡は空手の達人のようだ。

その思いを読みとったのか、サンジがいった。

「大丈夫や。富岡もお前を殺すことはせんやろ。カタギに手ぇだすと、ポリがうるさいよってな」

サンジはいい、交差点を左折した。飲食店の入った雑居ビルが建ち並ぶ通りを走る。零時を過ぎ、半分くらいの店にシャッターが降りている。

「確か、ここらへんやったな」

サンジは速度を落とし、ビル看板を見あげながら走った。

「ここらへんもミナミですか。ナンパ橋の近く……」

「あれは御堂筋《みどうすじ》の向こうっかわや。こっちは道頓堀《どうとんぼり》や……あった」

ハンドルを切り、縦列の違法駐車のすきまにわりこんだ。運転は手慣れていて、うまい。

「ここや。四階に『たくみ』ちゅう看板がでとるやろ。あっこが、センバ会系の者がたまっとる雀荘や」

坂田は再び口の中がカラカラになるのを感じた。まさか、やくざばかりが集まっている麻雀荘に乗りこんでいって、金を渡してくれと頼めというのだろうか。

サイドブレーキを引き、エンジンは切らずにサンジは窓をおろした。

「煙草くれや」

どうやら、すぐにひとりで乗りこめといわれることはなさそうだ。坂田はほっとして煙草をさしだした。

煙草をうけとったサンジがいった。

「なあ、兄ちゃん」

「何です?」

「お前さっき、煙草の灰、外捨てるの嫌や、いうたな」

「ええ」

「けどわいに煙草渡したら、外へほかすで。それ知っとってもええんか」

「それは――」

「外ほかすのあかん、思うんやったら、何でわいに煙草渡すんや。渡さんとどつかれる、思うからか？」

「……そうですね」

「それやったら、どつかれても渡さへん方がええんとちがうか」

坂田はサンジを見た。からかっているようにも、おどしているようにも見えなかった。

「どつかれるのは誰でも嫌や。この世の中はな、強い者と弱い者しかおれへんのや。わいは、唐山の兄貴にどつかれるの嫌やから、煙草、外へほかす。せやけど、兄ちゃんが、唐山の兄貴より強かったら、灰皿、使うわ。それが世の中や、思わへんか」

「じゃ、ヤクザがいちばん強いと？」

「そうは思うてへんわ。ヤクザやのうて、ごっつ強い人おるわ。けどな、ヤクザは組しょっとるやろ。ひとりのヤクザどつけたかて、あとで組の他の者が集団で仕返しにきよるわ。そうなったら、誰も勝てへん」

「だからヤクザになったんですか」

「それだけやない。学校もろくにでてへんし、頭もようないし、ヤクザにでもならな、今よりもっとカスや」

「僕は、腕力だけだとは思いたくない」

「強うなったら、そういえばええんや。そやなかったら、ごっつ金もつことや。金持になれば、自分が弱うても、強い者雇えるわ」

「…………」

「お前らカタギは、ふだんは、わいらヤクザのそういう考え方、関係あらへん、思うとるやろ。けどな、会社どうしやったらどうや。金ごっつもっとるか、力の強い会社が勝つんやで。なんも不思議ないやろ。人間やったら暴力反対やらなんやらいうくせに、会社になりよったら、平気で何でもやらかすやないか。銀行見てみ、商社見てみ、皆《み》んな同んなじや」

サンジは勝ち誇ったように吸いさしを窓から弾《はじ》きとばした。

そしてフロントグラスごしに、「たくみ」の看板を見あげ、シーマにとりつけられている自動車電話の受話器をとった。

番号を押す。

呼びだし音が、隣りにすわっている坂田の耳にまで届いた。

先方が受話器をとった。

「あ、えらいすんまへん。そちらにお客さんで富岡さん、みえてますやろか。はい。

へえ、そうです。えらい、すんまへん」

そして坂田を見た。

「おったわ」

受話器をつきつけた。しかたなく坂田は手にとった。

「富岡や」

男の声が耳にとびこんだ。坂田は生ツバを喉に送りこんだ。

「もしもし」

「誰や」

「あの、今日の夕方、将棋会館のエレベーターで、あなたとぶつかりそうになった者です」

「何やて。何いうとんじゃ、われ」

「ですから、五時くらいに富岡さんが将棋会館にいかれましたよね。そのときに——」

「寝言《ねごと》ほざいとったら、いてまうぞ、こら。お前、何者じゃ」

坂田は深呼吸した。

「東京のサラリーマンで坂田といいます。あなたがもっていたアタッシェケースとよく似たアタッシェケースをもっていて、将棋会館でおきびきされました。で、あなたと話をつけるように堀河組の組長さんにいわれたんです」

今度は富岡は途中で言葉をさえぎらず、聞いていた。坂田が喋《しゃべ》り終わるのを待ち、静かにいった。

「今、どこにおるんじゃ」

「あなたのいる雀荘のビルの前です」

「降りてったるわ。待っとけよ」

坂田は受話器をサンジに返した。

「今、降りてくるそうです」

サンジは頷き、坂田を見つめた。

「車でて、待っとけや」

「サンジさんはどうするんです？」

「アホか。わいが降りてったら、ややこしなるがな」

サンジは早口《はやくち》でいった。その目に、わずかだが怯えのような表情が走るのを坂田は見た。サンジは、富岡を恐れているのだ。

「ええか、あんまりいらんこというな。土下座《どげざ》してもええから、富岡に頼みこむんや」

　サンジは口をよせ、いった。坂田はしかたなく頷いた。真弓を人質にとられ、失敗すればふたりとも大阪湾に沈めてやると嚇《おど》された今、富岡に殴られるようなことがあっても、さして自分の運命に変化はない、というあきらめの境地だった。

　シーマのドアを開け、降りた。腕時計を見る。十二時を少し回っていた。人通りは、まったくないというほどではないが、さほど多くはない。道ぞいの店は、三軒に二軒はシャッターが降りていたり、明りは点《とも》っていても看板の灯が消えている。

「いけや」

　シーマのかたわらに立っていた坂田に、おろした窓からサンジがいった。車の中にいる自分の姿を、富岡に見られたくないようだ。

（このまま逃げようか）

　一瞬、坂田は思った。警察に駆けこみ、すべてを話す。そうすれば真弓も助かるかもしれない。事態はどんどん悪くなってきているのだ。

　数歩歩き、坂田はシーマをふりかえった。サンジはシートを倒し、身を低くして、坂田のほうを見つめている。

　坂田は大きく息を吸った。やみくもに走って逃げても、車のサンジには、すぐつかまってしまう。目につくところに交番でもあれば、と思った。

そのとき、富岡が現われた。目の前の雑居ビルの出入口からでてきたのだ。昼間の服装とはちがい、縦ストライプの入った悪趣味なスラックスに、アロハのような派手なプリントシャツを着《つ》け、白い薄地《うすじ》のカーディガンを羽織《はお》っている。将棋会館でぶつかりそうになったときにかけていたサングラスは、外していた。

富岡は両ポケットに手をいれ、急ぐようすもなく降りてきた。木綿《もめん》のソックスに、女物のような、踵《かかと》のあるサンダルをつっかけている。

坂田の姿を認めると、歩みが止まった。坂田の背後や通りの向かいに目をやった。サンジの姿に気づいたようすはなかった。

「――お前か」

「そうです。夕方、将棋会館のエレベーターのところで――」

「覚えとるわ。なんでここがわかった」

「堀河組の人に教えてもらって……」

「堀河組がなんじゃやっちゅうんじゃ！　われ、ふざけたことぬかしとったら、ぶち殺すど！　おお？」

不意《ふい》に富岡は大声をあげた。坂田は恐怖に動けなくなった。

富岡は数歩踏みだすと、坂田の顔をのぞきこんだ。

「上、こい」

首を倒して、雑居ビルをさした。坂田は首をふった。いけばどうなるかわかっていた。あの通天閣のそばの、サンジたちの事務所に入っていったときと同じだ。よってたかって嬲《なぶ》りものにされるのは見えている。

「ここでいいです」

「何やと――」

「上にいけば、富岡さんは友だちがたくさんいる。僕は袋叩きでしょう」

「何ぃ」

富岡はいい、ちらっと坂田から視線を外した。それが何のためであったか、すぐに坂田は知った。あたりに人けがないのを確認すると、富岡は素早い突きを、坂田の鳩尾《みぞおち》にいれたのだ。

坂田は呻《うめ》いて、身体《からだ》をふたつに折った。苦痛に息が止まる。空手をやっている、というサンジの言葉通り、まるでとがった鉄の棒をつきこまれたような痛みだった。

富岡は坂田の頬をワシづかみにした。

「おとなしいきさらせ、この、ボケが」

「嫌です。それよりアタッシェケースを返して下さ、い……」

「なめとんのか、お前。何いうとるか、わかっとんのか、おお」

富岡の低い蹴りが、坂田の左膝を襲った。崩れそうになる坂田の身体を、頬にくいこんだ富岡の手が支えた。坂田は苦痛に目がかすんだ。

「は、はなへて……」

「じゃかあしいわ。この場で畳《たた》んだるわ」

坂田は両手で富岡の右手をつかんだ。ふりほどこうとする。富岡の左拳が右のわき腹につき刺さった。とてつもない痛みに坂田は体をよじった。内臓が破裂しそうだ。

「離せ！」

坂田は富岡の手をふりほどいた。左手でわき腹をおさえ、よろめいた。不意に吐きけがこみあげてきた。

生ツバを必死に飲みこみ、坂田はくの字に体を折ったまま富岡を見あげた。

「あんたは、自分のアタッシェケースと黒い革のバッグをもって帰った。どっちかを渡してくれ。さもないと、たいへんなことになるんだ……」

「何をまだ、寝言ほざいとんねん」

富岡がくるりと背中を見せた。何だろうと思うまもなく、いきなり縦じまのスラックスが坂田の顔にせまってきた。回し蹴りだった。強烈な衝撃を左顔面にうけ、坂田は弾きとばされた。車道にとめられていたワゴンの車体に右肩を打ちつけ、尻もちをついた。痛みよりも、熱い、と感じる一撃だった。

ぼんやりと見あげた坂田に、つかつかと富岡は歩みよってきた。ワゴンの天井《てんじょう》に手をかけ、右膝を坂田の顔めがけつきだした。とっさに坂田は体を倒した。

ボコッという音をたてて、坂田の頭上でワゴンのドアがへこんだ。

「……のガキ」

富岡が右足をひいた。坂田は富岡の左足に抱きついた。

「もう、やめて下さい。殴られるのはたくさんだ！」

「ふざけとんか、われ！」

軸足をとられよろめいた富岡は、右の踵を坂田の肩や首すじに浴《あ》びせた。それでも坂田は離さなかった。離せばまた、蹴りを浴びせられることがわかっていた。そうなれば富岡は、とことん坂田を痛めつけるにちがいなかった。

「やめて！　やめて下さい！」

「このぉ」

蹴りというよりは、坂田の体を踏んづけていた富岡が足をもつれさせた。富岡の踵は、坂田の耳や頬にも命中し、切り傷をこしらえていた。

「くっ」

富岡がどさっと倒れた。すばやく両肘《ひじ》で受け身をする。

「このガキは！」

倒れた富岡は右足をひきつけると、坂田の顔面を狙った蹴りを放った。首の骨が折れそうな衝撃がきた。また唇が切れ、血がとび散った。何度蹴られたかわからない。ついに坂田の手は富岡の左足を離れた。

「この、くそ、が……」

富岡のサンダルの片方が坂田の手に残った。富岡は立ちあがると、けんけんするように跳ね、坂田の肩や胸を蹴りつけた。

「ぶち殺したるからな、こらあ」

坂田はころげまわった。富岡は本気で怒り狂っていた。坂田の血が富岡のソックスに染《し》みこんだ。

涙がこぼれた。痛みに息が詰《つ》まる。そして、坂田の中で、何かが音たてて切れた。

「やめろぉっ」

坂田は大声をだした。思わず、富岡の体が止まった。

「蹴りたきゃ蹴らしてやる！　だけど、話を聞いてくれたっていいだろう！　あんたは人のものをもっていったんだ！　そのために女の人がさらわれているんだ！　あんたが返してくれなけりゃ、僕もその人も殺されるんだ！」

「やかましいわ！　今ここで殺したるわ！」

富岡はどなりかえした。血相《けっそう》がかわっていた。青白くなっている。さすがに、数人の通行人が足を止め、何ごとかと遠巻《とおま》きにしていた。

「待ったって下さい」

男の声がした。サンジだった。シーマからとびだしてきたのだった。

「なんじゃ、おどれは?!」

富岡がくるりと向きをかえた。サンジの顔も蒼白《そうはく》だった。

「そのくらいでカンベンしたって下さい。このガキ、カタギなんですわ」

「だからなんやっちゅうんじゃ。お前、どこの者や。堀河組か」

「へえ」

いいながらサンジは坂田に歩みよってきた。

「立てや、兄ちゃん」

坂田の肩の下に腕を入れた。坂田はそれをふりはらった。惨《みじ》めさと怒りがないまぜになって爆発しそうだった。涙がとめどなく溢《あふ》れてくる。

「離せ！　あんたたちは何なんだ⁈　僕が何をしたっていうんだ！　殺したきゃ殺せよ！」

「何いうてんねん。いこ」

あわてたようにサンジはいった。

「やめろ！　殺せよ！　人殺し！」

坂田は富岡をにらみつけた。

「殺したる」

富岡がつかつかと踏みだした。

「やめっちゅうねん、アホ」

サンジが坂田をひきずり起こした。富岡が前蹴りを放った。サンジの肩に命中し、サンジはよろめいた。

「何すんじゃ、こりゃあ！」

サンジはきっと富岡をふりむいた。

「何じゃ」

富岡は訊《き》きかえした。

「おどれやろうが。うちの組の金、ネコババしよったんは。返さんか、素直に」

「何を、このう」

富岡の目が吊りあがった。サンジは危いと思ったのか坂田を離し、富岡と向かいあった。坂田は地面に手をついて、体を起こそうとした。ぽたぽたと舗道に血が落ちた。

「やるんか。やるんか、おう。やったらどうなるかわかっとるやろな。堀河組相手に喧嘩やど！」

サンジは開きなおったように叫んだ。

「それがなんぼのもんじゃ。おどれもいてもうたるわ」

坂田はようやく立ちあがった。富岡を見る。富岡はもはや坂田には目もくれていない。

「やれるもんなら、やってみいや」

サンジがいった。が、声が震えていた。

「おい！」

不意に頭上から声が降ってきた。三人は上を見た。雑居ビルの窓が開き、数人の男たちが顔をだしている。

「何やっとんのや。どこの者じゃ、おのれ」

ひとりがサンジにどなった。サンジの顔に怯えが走った。

「今、降りてくど。待っとけや！」

でていた顔がいっせいにひっこんだ。富岡の顔にゆとりが生まれた。

「じっくりやったろか」

「しゃあないなあ……」

サンジが低い声でいった。首を回し、坂田を見た。そして叫んだ。

「逃げよ！」

「こらっ」

サンジは走りだした。いきなりの変化だった。わけもわからず、坂田はあとを追った。サンジはシーマの運転席にとびつくと、ドアを開いた。

「兄ちゃん、はよお！」

「待たんか、こらっ」

富岡が叫んだ。坂田はつんのめるように走ってシーマの助手席にとりついた。

雑居ビルの出入口からばらばらと四～五人の男たちが走りでた。

「逃げんのか、こらっ」

「ぶっ殺したる」

「待てや！」

坂田は助手席のドアを開いた。男たちがシーマに向かって走りだした。サンジがアクセルを踏みこんだ。

坂田はふりおとされそうになって、シーマの助手席にころげこんだ。

キキッとタイヤが鳴り、勢いでシーマのドアが閉まった。坂田はダッシュボードに顎《あご》を打ちつけた。フロントグラスの内側に血がとんだ。

「待てえっ、このっ」

サンジは肩ごしにふりかえりながら、シーマを猛スピードで走らせた。顔がひきつっている。

坂田はようやく顔を上げた。そのとたんに両手をつっぱった。信号を無視して交差点につっこんだシーマの目前に、タクシーがとびだしてきたからだった。

サンジは急ブレーキを踏んだ。再びタイヤが悲鳴をあげ、車体が左右にぶれた。

「どかんかい！　ボケ！」

サンジはどなった。

タクシーが動くと、サンジはウインカーもださずに大きくハンドルを左に切った。

シーマは尻をふりながら左折し、広い道にとびこんだ。

そこは巾《はば》の広い、一方通行の道だった。両側に大きなビルが建ち並ぶ太い通りが、まっすぐにのび、車線は四つも五つもあって、それがすべて同じ方角に向かっている。対向車の姿はない。

サンジはその道の中央あたりを猛スピードで走らせていった。

坂田はぐったりとシートにもたれかかった。ハンカチをだし、唇にあてた。顔だけでなく、首や額からも血が流れている。わき腹や肩も痛かった。そして何より、心が傷ついていた。こんなに人から殴られたのは初めてだった。恐怖というよりは惨めさが、心にこたえていた。何ひとつやりかえせず、ただ富岡の足にしがみついていただけの自分がやりきれなかった。

怒りは、誰よりも、自分に対して強かった。もし自分に、空手か拳法の心得《こころえ》でもあれば、あんなに痛めつけられることはなかったろう。いや、それ以前に、こんなトラブルに巻きこまれていない。

サンジがウインカーをだし、シーマを左によせた。信号で左折し、細い路地に入った。盛《さか》り場からは離れた、ビルやアパートの建ち並ぶ一角だった。

「ここまでくれば大丈夫や」

シーマを止め、ライトを切った。

坂田は無言だった。このサンジにだって、自分は小突《こづ》き回《まわ》されたのだ。

「見してみ」

サンジがルームランプを点した。坂田は顔をそむけた。血と涙、鼻汁で顔の肌がごわごわになっている。

「どないしてん」

「――ほっといて下さい」

坂田は涙声でいった。

「ええから、見してみ、て」

坂田はゆっくり顔を回した。サンジはのぞきこみ、ああ、と唸《うな》った。

「だいぶやられよったな。富岡のガキ、頭に血ぃのぼると、止まらんようになるからな。冷やした方がええな」

サンジはシーマのライトを点し、ゆっくりと発進させた。

「あった、あった」

ライトに、清涼飲料水の自動販売機が浮かびあがった。シーマをよこづけにすると、サンジは運転席を降り、自動販売機にとりついた。スウェットパンツからたてつづけに硬貨をだしては落としこむ。

サンジが両手に四本の缶を抱いて戻ってくるのを、坂田はぼんやりと見つめた。

「ハンカチ、貸してみ」

サンジはいって坂田のハンカチをとった。シーマの開いたドアのすきまで、買ってきた缶の中味をハンカチにかけた。ハンカチを握ってしぼる。

「ほれ」

坂田は濡らされたハンカチを受けとった。薄茶に染まっていて、ウーロン茶の匂いがした。それでも裂けて熱をもっている唇にあてると、冷んやりとして気持よかった。

サンジは別の一本——コーヒーの缶を開け、坂田にさしだした。

「飲めや」

坂田は、傷口に触れないよう気をつけながらコーヒーを喉に流しこんだ。数滴がワイシャツにこぼれた。もう気にならない。埃《ほこり》と血で泥々《どろどろ》だ。

サンジも片足を車の外にだし、缶コーヒーをあおっていた。ひと息で飲みほすと、自販機のよこにおかれたカゴに投げこんだ。

「煙草、あるか」

坂田は上着からライターごとつかみだした。受けとったサンジは一本抜いて火をつけ、大きなため息とともに煙を吐きだした。

坂田は開けていないウーロン茶の缶をとり、それを蹴られた首すじにおしあてた。

サンジはそのようすを見つめた。

「さんざんやな」

坂田は答えなかった。サンジは怒ったようすもなく、手にした煙草を坂田に見せた。

「吸うか？」

坂田は頷いた。サンジは新しい煙草をとりだすと、坂田の唇にくわえさせ、火をつけた。

「これだけやられると、どうでもようなるやろ。煙草の灰のことなんか」

サンジがいった。坂田はまたしても無言だった。左手の缶をおろし、煙草を唇からはがした。白いフィルターに血が染みこんでいた。

「歯、折られたか」

坂田は首をふった。

「そら、マシやったな」

「――そのウーロン茶、下さい」

坂田はいった。ハンカチを濡らすのに使ったウーロン茶の缶だった。ハンドルの前におかれ、フロントグラスにたてかけられている。

サンジがさしだした。坂田は助手席のドアを開け、ハンカチに再びウーロン茶をふりかけた。ハンカチをしぼって唇にあてると、空《から》になった缶に煙草の灰を落とした。

サンジはそれを見たが、何もいわなかった。また、ため息を吐いた。

「わややな……」

サンジはつぶやいた。

「わいも兄ちゃんも、帰れへんわ……」

坂田は煙草を吸い、痛む場所に冷えた缶をあてがいつづけた。

「富岡のクソガキが……」

「組長さんにいわないんですか」

「アホか。わいも兄ちゃんも、ボロカスや。そないなことしたら。おんどれはアホか、ちゅうてな。ガキの使いやあらへんど……」

「じゃあどうするんです？」

サンジはまたも大きな息を吐いた。

「はっきりいうて、わいも富岡にはかなわへんわ。素手やったら、かなう奴、そうおれへん。けど、富岡刺すんやのうて、金とり返さなあかへんしな」

坂田は目を閉じた。サンジが困っているのを見るのは、ある意味で、小気味《こきみ》よかった。が、サンジがいくら追い詰められたとしても、自分の運命にかかわりはないのだった。

「何時や、今……。一時か……」

サンジがつぶやいた。がしがしと頭をかきむしる気配があった。

「――わいと兄ちゃんじゃ、どないしても富岡には勝たれへんわ。けど、親父さんとこいったって、兵隊は貸してくれへんやろしな」

「どうしてです？」

「親父さんは、秋津を警戒されとるんや。多人数で富岡痛めたら、必ず秋津が動きよるやろ。組員やないけど、富岡は秋津の弟分やからな」

「じゃあ、その秋津って人と組長さんが話をすればいい」

「アホか。こじれたら戦争やど。戦争になってみ、ポリが山のようにきよるわ」

「じゃあどうするんです？」

「どうするんですって、人ごとみたいにいうな。とり返せ、いわれたんは、兄ちゃんやろが」

「僕にはできっこない。殺されたって、富岡は返してくれませんよ」

声に冷たいものが混じるのを感じながら坂田はいった。

「そやな」

サンジはしかし、途方《とほう》にくれたように頷いた。

「うまい手、いうたかて、あらへんわな。そんな手、考えつけるくらい頭よかったら、わいもヤクザなんかやっとらへんわ」

「誰か、富岡に勝てそうな人はいないんですか?」

「素手でか」

「ええ」

「……おらへんことはないわ」

ぼそっとサンジはいった。

「その人やったら、助けてくれるかもしれへんけどな……。特に、真弓さらわれとる、いうたら――」

「ケンさんて、人ですか」

どきっとしたようにサンジは身をひいた。

「兄ちゃん、知っとるんか?!」

「いえ。真弓さんから……」

「そうか。そやろな。けど、わいが真弓のこと組に売った、いうたら、ケンさんに死ぬほどしばかれるわ。ただでさえ、ケンさん、ヤクザ嫌いなんやから」

「いわなきゃいいでしょう。とにかく真弓さんのために助けてほしいって頼んだら」

サンジは考えこんでいた。ときおり、気弱そうに目をしばたたく。どうやらサンジは、ケンという人間が本当に恐いらしい。

「ケンさんと富岡では、どっちが強いんです?」

「やってみなわからんけど、たぶん、ケンさんやないかな。ハンパやないよってな」

「やっぱり空手とか……」

「そうやない。なんちゅうか、気合がちがうんや。ケンさんは、喧嘩するときは、いつ死んでもええつもりでやる人やから。もっとも、最近は、若い頃みたいに、やんちゃはせんようになった、いうけど……」

サンジは顔を上げ、坂田を見た。

「しゃあないわ。ケンさんとこいこ。けどな、わいが真弓のアパート、兄貴に教えたいうの、絶対いうな。いうたら許さへんど」

坂田は頷いた。サンジは、自分のいっていることが卑怯《ひきょう》だというのをわかっているようだった。

「わいもな、ほんまは、教えとうなかったんや。けど、真弓のガキがサンちゃんいうたんを、兄貴も聞いとったんや」

サンジはいいわけをするようにいった。

「サンジさんはどうして真弓さんのことを知っていたんですか」

「ありゃ、中学のときの連《つ》れや。いっこ下のクラスにおったんやけど、もっと年上とばかりつきおうとって、わいらのことは相手にせんかった。けど、面倒見《めんどうみ》がようてな、惚《ほ》れとったんは、いっぱいおったわ」

ひょっとしたらサンジもそのひとりだったのかもしれない、と坂田は思った。

「ケンさんは助けてくれますか」

「わからん。けど、兄ちゃんが真弓の連れや、いうたら、ケンさんはいうこと聞いてくれる」

いって、サンジはシーマの自動車電話をつかんだ。「一〇四」を押し、耳にあてる。

「ツルハシにある、『ツルモト』ちゅう、焼き肉屋の番号、教えたってや」

坂田はサンジがくりかえした番号を、その場で暗記した。

サンジはそれを聞きながら番号を押した。

「――あ、えろうすんまへん。ケンさん、おられまっか。あ、わい、サンジいいます」

坂田は新しい煙草に火をつけた。血の乾いてきた唇は、煙草のフィルターがべたべたし、はがすときに痛みが走る。

「あ、ケンさんでっか。サンジです。えらいごぶさたしてます。いま、それいわんといて下さい。いや、まあ……そうなんですけど……」

サンジの口調《くちょう》がへりくだった。だがそれは、同じ組の兄貴分に対してのときとはちがい、人なつっこい親しみを感じさせるものだった。

「いや、実は、ケンさんに助けてほしい人がおるんですわ。いえ、知りあいやのうて、東京からきた人なんですけど……。ええ、それが、真弓のことと関係あって――」

サンジの声は低くなった。

「真弓、実はさらわれとるんです……」

次の瞬間、サンジは首をすくめた。

「――はい。いや、あの……うちの組なんです……」

サンジは後悔したように坂田を見た。

「はい。わかりました。今からうかがいます……。はい」

受話器をおろした。

「ケンさん、会うてくれるわ。今から家こい、いうて」

「焼き肉屋さんじゃないんですか」

「それは家の商売や。わいらがいくんで、店アガって、家の方で待っとる、いうて」

シーマのサイドブレーキをおろした。

「どこです？」

「ツルハシや」

サンジはシーマを発進させた。

# 7

ツルハシが、鶴橋と書くことを、坂田は道標で知った。さすがに、それが大阪市のどのあたりに位置するかは、ガイドブックからの一夜漬けではわからない。が、電話をしてから、二十分とたたないうちに、サンジの運転するシーマは、目的地の近くまで辿《たど》りついていた。

「さ、ここで降りて歩くんや」

「鶴橋国際商店街」と記されたアーケードの見える位置で、サンジは車を止めた。

「ケンさんとこまでは、車ではいかれへんからな。この中や」

いって、坂田をふりかえった。

「どうや、歩けそうか」

「大丈夫です」

ふたりはアーケードの中に入った。少しいくと、サンジが細い路地を折れた。広いアーケードは、ほとんどの店がシャッターを閉ざしていた。そして、細い路地を奥に進むにつれ、坂田はそこが実に奇妙に入り組んだ一角であることに気づいた。本当に、人がすれちがうのがやっとという狭い路地に、びっしりと小さな商店や個人の家が連《つら》なっている。しかも、それらの家と家のあいだはほとんどすきまがなく、同じ屋根の下でつながっているところが何軒もある。同時に、店の看板が、日本語だけではなくハングルのものが多くなってくる。

坂田が思い浮かべたのは、横浜の中華街だった。だが中華街は、建ち並ぶ店の大半が中国料理店で、その中に中国民芸品店が点在していたのに比べ、このアーケードの中は、むしろ、食料品店や洋品屋などの生活に密着した小さな店が多い。

サンジは通いなれたように狭い路地と路地の曲がり角を折れていく。視界は閉ざされていて、上も横も屋根と壁で囲まれていた。まるで迷路のようだ。

不意に視界が開け、そこは鉄道の駅だった。「JR鶴橋駅」とある。高架《こうか》が交差して、迷路の中をよこぎっているのだった。

ほとんどの店は閉まっている。だが、そこには人間の暮らす匂いが満ちていた。食物や香辛料の混じった、湿った香りが漂っている。坂田は、なんだか懐しいような気分になった。坂田が本当に小さな頃、東京にも、こんな入り組んだしもたやのつづく路地があって、夕刻になると、台所で作っている各家の食事の匂いがこもっていたものだ。

鉄道高架の下にある本屋の前を折れたふたりは、飲食店街とおぼしい一角に入りこんだ。焼き肉、中華料理、お好み焼き、喫茶店、居酒屋が、それこそ軒《のき》と軒を接して建ち並んでいる。きっとこの街を空から見ると、巨大でひらべったい屋根が全体をおおっていて、一軒の巨大な家のように見えるにちがいないと、坂田は思った。

「ここや」

いってサンジは立ち止まった。喫茶店に隣接して建つ、間口《まぐち》の狭い一戸建てだった。二階家で、小さな鉄門があり、すぐ奥に自転車をたてかけた玄関がある。表札には「金」とあった。

サンジは門をくぐると、玄関わきのブザーを押した。飲食店街にはまだ営業している店も何軒かある。

ドアが内側から開いた。ドアを押し開いた人物に、サンジは、

「えらいすんません」

と、頭を下げた。

この人が、真弓のいっていたケンなのか……坂田は拍子《ひようし》ぬけした思いで、玄関に立

つ人物を見つめた。

ケンは、喧嘩《けんか》がめちゃくちゃ強い、という言葉からは、まるで想像できない人物だった。背が高く、どちらかといえば胴長《どうなが》でひょろりとした印象を与える。白いポロシャツにスリムのジーンズを着《つ》けていた。髪は短くて、ちょっと見には、どことなく飄々《ひょうひょう》とした顔つきをしている。さして恐そうにも強そうにも見えない。年は、二十七、八くらいだろう。

「入れ」

ぶっきら棒に男はいった。が、迷惑そうな口調ではなかった。ふたりは小さな三和土《たたき》に入った。

「二階で爺《じい》ちゃん寝てるから、大声だすな」

「はい」

ふたりはケンのあとについて、玄関をくぐった左奥にある小さな居間《いま》に入った。古い革のソファが赤いカーペットの上におかれ、年代物の大きなテレビがすえられている。ガラスをしいたテーブルの上に缶コーラがおかれていた。

坂田とサンジはテレビの向かいの長椅子にとなりあって腰をおろした。ケンはテレビのよこのひとりがけの籐椅子《とういす》にすわり、足を組んだ。ポロシャツの胸ポケットからショートホープをとりだす。

あわててサンジがライターをさしだそうとした。

「ええわい。しょうもないことすんな」

ケンはいった。坂田は不思議な気持でケンを見つめた。坂田が想像していたケンは、もっと体が大きく、がっしりとしていてプロレスラーのような雰囲気の人物だった。顔つきも、やくざが恐がるほどだから、よほど凄《すご》みのある人物だと思っていた。

が、目の前にいる、このケンは、どこにでもいそうな商店の二代目の兄《にい》ちゃん、といった感じで、言葉づかいこそぶっきら棒だが、その口調には何の凄みもない。

ケンは坂田を見た。

「誰にやられたん、その傷」

「富岡ですわ」

サンジがいった。ケンの目が動いた。

「富岡て、あの富岡か。秋津の弟分の」

「へえ」

サンジは頷《うなず》いた。

「お前、その場におったんか」

「へえ」

「なんで助けたれへんかった。この人、カタギやろ。え?」

ケンの口調《くちょう》はそれほど問いつめる、というものではなかった。しかしサンジは、

「すんまへん」

と頭を下げた。

「わいにあやまってどうする。この人にあやまらんかい」

「へえ」

煮《に》えきらぬ声でいって、サンジは坂田を見た。坂田はケンを見つめ、口を開いた。

「あの……こんな夜《や》ぶん遅くに押しかけてすいません。僕は坂田といいます。ササヤ食品の宣伝課につとめています」

坂田は頭を下げた。

「金健一《きんけんいち》、いいます。金倉《かねくら》いう人もおるけど、本名は金です」

ケンはいった。愛想《あいそ》のよい口調だった。

「坂田さん、東京ですか」

「はい」

「せやろね。そういう感じや」

いって、ケンはサンジを見た。サンジは首をすくませた。

「電話で真弓がさらわれた、いうとったけど、どういうこっちゃ」

「あの、それについては僕から話させて下さい」

坂田はいった。

「ええよ」

ケンはいって、ショートホープの煙を吐《は》きだし、足を組んだ。坂田はケンの掌《て》と足が大きいことに気づいた。ほっそりして見えるわりには、指も太く長い。

坂田は、自分が出張で、今日の（正確にはきのうの）午後、初めて大阪にきたことを話した。そして福島《ふくしま》の将棋会館でアタッシェケースをおきびきされ、犯人を追っていって、ミナミのゲームセンターで真弓と知りあったこと。真弓に助けられて藤井寺《ふじいでら》球場までいき、そこでアタッシェケースの受け渡しを目撃して、通天閣《つうてんかく》に近い堀河組の事務所をつきとめ、入っていったことを話した。

「ひとりでいったんか」

ケンは訊《たず》ね、はい、と坂田が頷くと、

「ええ度胸《どきょう》やな」

と唇をほころばせた。

「そこでサンジさんたちと、サンジさんの兄貴分の人がいて、連れていかれそうになりました。そうしたら真弓さんが助けてくれたのですが、結局、ふたりともサンジさんの兄貴分の人につかまって、堀河組の組長さんとこに……」

坂田は、真弓のアパートにサンジたちが乗りこんできたことは隠していった。

「堀河の親父《おや》っさんはどないせえっちゅうねん」

サンジを見て、ケンは訊ねた。

「へえ。この兄ちゃんに、富岡がネコババした五千万、とりかえしてこい、いうて――」

「できるわけないやないか、そんなこと」

ケンの口調が鋭くなった。サンジは亀のように首をすくめた。

「カタギやど。しかも、キタもミナミもわからん大阪で、どないせえっちゅうんじゃ」

「すんまへん」

サンジは額をテーブルにすりつけた。

「そんで真弓は、親父っさんのとこか」

「へえ」

「この坂田さんがとりかえせへんかったらどうする、いうとんじゃ」

「あの……」

「はっきりいえ」

「南港《なんこう》に沈めたる、いうて。そんで真弓は、雄琴《おごと》いきや、て」

怒りを爆発させるのでは、という坂田の思いとは逆に、ケンは急に淡々《たんたん》とした表情になった。

「そんなとこやろな。サンジ！」

「へえ！」

「それがヤクザのやり方や。お前、考えてみ、もしお前が組長やったら、そんなえげつないことするか？」

「いえ。わいは絶対にしまへん」

サンジは激しく首をふった。

「せやろ。お前はアホやが、そこまであくどない。けどな、覚えときや。ヤクザはな、自分が傷つかんと、人を苦しめるような知恵がまわらへんかったら出世せんのや。お前とこの組長がええ例や。いつまでヤクザやったかて、お前は何にもええことないわ。それくらいわからんか、このアホンダラ」

「すんません」

「足洗え」

「へ？」

「足洗え。ヤクザやめ」

「けど……」

「じゃかあしい！　やめ、ちゅうたらやめ！」

「はい！」

「この件がすんでからでええわ。そいで指詰《エンコ》め、いわれたら警察いけ」

「ポリにでっか」

「そうや。今、警察は、足洗うヤクザの相談のったっとるそうや。エンコ詰めてもな、くっつけてくれるええ病院、紹介してくれるそうやど」

「そんな……。カンニンして下さいよ」

「わいがエンコ詰め、いうとるわけやないわ。けど、足洗わへんかったら、何度でも今日みたいなことあるで」

サンジは無言で唾《つば》を飲んだ。

「カタギの兄ちゃん苦しめて、中学んときの後輩の子、さらわれて。お前、気分ええか」

「……よくないです」

暗い声になってサンジはいった。

「せやろ。最低や、思わへんか」

「——けど、わいら他に何もできしまへんよってに——」

「それがアホやっちゅうんや。アホはアホなりに生きてく道はあるわい。けど、人に迷惑かけな生きていけんぐらいやったら、海とびこんで死ね。死んだ方がよっぽど人のためや」

サンジは無言だった。

「お前はまだ正直や。自分らが人に迷惑かけとることに気づいとる。そやから、足が洗えるて、わいも思うのや。それにもう気づけへんようになったら、しまいやで。歩く公害や」

サンジは厳しい表情になってぺこりと頭をさげた。

「お前、わいがいうとるから黙って聞いとるんやろ」

不意にケンはいった。

「へ？」

「へやない。もし同じことこの兄ちゃんがいうたらどうする?」

坂田ははっとした。ケンがいっているのは、車の中でサンジが坂田に押しつけた論理とまったく同じだった。

「………」

「いらんこというなて、坂田さんどつくやろ。よけいなお世話や、て。どや」

「へえ……。たぶん」

「わいにいわれるからいうこと聞く。弱い者にいわれたら聞かん。そういう考え方は卑怯《ひきよう》や、思わんか」

「そんな」

「そんなやない。お前の考え方まちごうとる。強い者のいうことばかり聞いとったら、お前、クズやど」

「………」

「世の中は力や、いうのんは嘘や。力ばかりやない。大切なんは、いつも自分が胸張って生きられるかどうかや。たとえ力で人を圧して、胸を張ったとしても、自分で自分に胸が張れるかや。ちがうか」

「そうです」

「ほんまやな」

「はい」

「よし。顔上げ」

サンジは顔を上げた。

「真弓、今どこや」

「わかりまへん。たぶん、水野《みずの》の兄貴や、唐山さんといっしょやと思います。あと、東京から客人、きてはりますさかい」

「客人？」

「へえ。今度の物《ブツ》、運んできはった方です」

「東京のヤクザか」

「へえ。高見《たかみ》さん、いわはります」

あの男だ、と坂田は思った。ひとりだけ標準語を使い、坂田に帰ってきたら話があると凄んだ革ジャンの人物だ。スーツの男が、水野というのだろう。

「物て何や」

「それは……」

「しゃぶか」

「いや、ちがいます」

「じゃ何や」

「はっきりは知らへんのですけど、たぶんゴルフ場の会員権やないかと思います」

「なんでそんなもん取引する？」

「何や知らへんのですけど、東京の土建屋が潰《つぶ》れそうになってもうて、代金がわりに受けとっていた、手がけたゴルフ場の会員権が流れたんですわ。そのゴルフ場は会員が多すぎて、プレイができへんいうて裁判沙汰《ざた》になりかけてますねん。そやから、今やったらうまいこと威《おど》しかけたら、額面通りに買い戻しさせられるかもしれんて、組長が考えましてん」

あの黒革のバッグの中味は、ゴルフ場の会員権だったのだ。

「額面いうのはいくらや」

「三億ぶんやそうです」

「それやったら直接、お前とこの組が動いたらええやないか。なんで売ったんや。富岡が動いたいうんは、買《こ》うたんは、秋津のとこやろ」

「へえ」

「なんで、秋津に売った？」

サンジはごくりと喉を鳴らした。

「ケンさん、誰にもいわんとってくれますか。これ話したんわしや、いうのんがわかったら、本当にわし消されますよってに」

「何や」

「兄さんもええか？」

サンジは真剣な表情で坂田を見た。

「いらんことはええ。早《は》よいえ」

「いや、ほんまに約束してくれへんかったら、わい話せまへん」

サンジはかたくなにいった。

「足洗う気があるなら関係ないやろが」

「あかんのです、それが」

「わかったわ。いえ」

ケンはあきらめたように頷いた。

「実は水野の兄貴がちらっというたんですが、その会員権、ガセですねん」

「ガセ？」

「へえ。高見さんいうんは、もともと新幹線のグリーン回数券やらデパートの商品券の偽造品専門のブローカーですねん。そいで、今度はゴルフ場の会員権の偽造のほうはどうやろ、ちゅうんで。けど、ちゃんとしたゴルフ場の会員権は偽造やってもすぐバレますねん。通し番号ついとるし、名簿も発行されとりますから。せやから、今、会員数詐称《さしょう》でもめとるようなところのをわざと作りましてん。そういうとこやったら、確かめようもあらへんし、ガセとわかっても、自分らもうしろ暗いから警察へもちこめまへんやろ。まして、売るんは、ふつうの人間やなしに、発行したゴルフ場に売るんですから」

「おもろいこと考えるな。ほな、土建屋から流れたっちゅうんは、ただのふれこみやないか」

あきれたようにケンはいった。

「へえ。けど、うちとこが直接、ゴルフ場に買い戻せいうて、何かあったらヤバいもんですから、秋津さんのとこに回したんですわ。組長、頭ええですわ。マネーロンダリングや、いうてます」

「ガセ売った、いうのバレたら戦争やろが」

「そやから絶対に、それはいわれへんのです。組うちでも知っとるんは、わずかです。わいが聞いたんも、たまたまですから……」

「それで、お前とこの親父っさんは、坂田さんに銭《ぜに》とり戻せ、いうたんやな」

「そうやろと思います。あんまりガタガタしとうないんやと思います」

「ガセ売る奴に、銭ネコババする奴……。どっちもどっちやな」

ケンは吐きだした。

坂田は何ともいえない気分になった。これが、取引価格五千万で末端価格が何億にもなる、という覚せい剤や麻薬の類《たぐ》いであれば、こうして小突《こづ》きまわされたことも納得はいかないにせよ、あきらめようがある。だが、偽造の会員権、つまりは一円の価値もないようなもののために傷だらけになり、命の危険にさらされているのだ。

ケンはため息をついた。

「クズどうし、えげつないことするの」

「すんまへん」

「真弓どこにおるんか、想像つかんか」

「あきまへん」

サンジは首をふった。

「組長は住之江《すみのえ》のゴルフ練習場におるんやろ」

「へえ。けど――」

「わかっとるわ。いくら何でも、わいもそこへ乗りこんではいかん。そんなことしたら、お前、足洗う前に南港いきやろ」

サンジは泣きそうな顔で頷いた。

「警察か……。けど、警察もまだるこしいからな。ぼやぼやしとったら、真弓、マジでやられてしまうな。まあ、あいつのことやからあきらめるかもしれへんけど——」

ケンはいって空をにらんだ。なんてことをいうのだ、と坂田は驚いた。

「お願いします。知りあったばかりの僕がこんなことをいうのは変ですが、真弓さんを助けて下さい。あの人は、何の縁《えん》もない僕のために、こんな目にあっちゃったんです」

「お節介《せっかい》やめ、いうたったことあったけどな」

ぽつっとケンはいった。

「性分《しょうぶん》や、ていいかえされてもうた。ほんまにキツい女や。そこがええとこなんやけどな」

そして坂田を見た。

「縁がない、いうたら、あんたも縁がないわな。まったくの災難や。もし今、あんたが警察いく、いうても止められんわ」

坂田は頷いた。ずっと考えていたことだった。ケンがこうしてサンジににらみをきかせている限り、坂田が〝被害者〟として警察に駆けこむことを止められる者はいない。だが——。

「もし僕が警察にいったら、真弓さんは必ず助けられますか」

「どうやろな。助けられるのは助けられるやろ」

ケンは顎《あご》の先をかきながらいった。

「何か——？」

坂田はケンを見つめた。ケンは大きな息を吐いた。

「まあ、サンジは終わりやな。エンコじゃすまん、と思う。それと真弓は、もう大阪には住めんな。少なくともミナミでは商売できん」

坂田は目をみひらいた。通天閣の近くで助けられたとき、真弓は同じことを坂田にいった。

——あんたはええけど、あたしはこれからも大阪で暮らしてくんやで。

サンジは怯《おび》えた表情で坂田を見つめている。ケンに会わせたことを後悔しているようだ。確かに、これまでの状況を総合すると、賢いとはいえない頭脳のもち主だった。だが、ケンとのやりとりを見ているうちに、坂田はサンジを憎めなくなってきた自分に気づいた。

「――金さんが助けて下さるなら、何とか真弓さんに迷惑がかからない解決をしたいと思います。警察にいくのは、真弓さんが自由になってからでいいですし、もし真弓さんが何もなかったことにしたいというのなら、僕は……かまいません」

ケンはうんうん、と頷いた。

「お前、東京者にしちゃ、ええやっちゃな」

サンジがつぶやいた。

「なんちゅうこというんじゃ。ケンがにらんだ。お前、差別すんのか、人間を」

サンジはあわてて首をふった。

「いや。そんなこと、とんでもありまへん」

ケンは新しい煙草に火をつけた。

「問題はや、五千万の銭をネコババしたんが、富岡ひとりの算段《さんだん》か、秋津にまで届いとるか、や」

「…………」

ケンは自分にいい聞かせるかのようにつづけた。

「富岡ひとりやったら、銭とり返すんは、そう難しないやろ。けど、富岡が秋津に妙な義理だてして、銭山分けしとったらややこしなるぞ」

「はあ……」

サンジは息を吐いた。

「そいつは富岡に訊《き》いてみるしかないな。サンジ、電話せい。ミナミの雀荘《ジャンそう》や。まだ、おるか、いうて」

「あの、おったら――」

「待ち伏せや。富岡のヤサ、知っとるか」

「へえ。十三《じゅうそう》です」

「十三？　センバ会の事務所があるとこやな」

サンジは頷いた。

「秋津さんに呼びだしかけられたら、いつでもでられるようにしとるんやと思います」

「十三のどこか知ってるか」

「知ってます。前に、族やっとったんが、富岡のヤサにさらわれとったの、迎えにいったことありますから」

「よし、電話や」

ケンはテレビのかたわらにおかれたプッシュホンをさした。サンジが受話器をとった。

「あ、さっきの雀荘、何番やったかな……」

「『たくみ』ですか」

坂田はいった。サンジは頷いた。坂田はそらで教えた。サンジが驚いたように目をみひらいた。

「覚えとったんか」

坂田は頷いた。電話番号や誕生日を暗記するのは得意だった。将棋をやっていて身についた特技だった。棋譜を暗記しているうちに、数字そのものの暗記に強くなったのだ。会社では、「歩く電話帳」と呼ばれている。

サンジは番号を押した。

「あ、富岡さん、いてはりますか？　わいですか、あの……秋津さんの使いの者ですけど。へえ。帰られた？　そうでっか。えろうすんませんでした」

受話器をおろし、ケンを見た。

「十分くらい前に帰ったそうです」

ケンは頷いて部屋の壁にかけられた時計を見た。二時まであと七、八分だった。

「よし、富岡のヤサいこ」

ケンは立ちあがった。

富岡の住居までは、サンジの運転でも三十分ほどを要した。途中、大きな川にかかった橋をわたった。

「淀川《よどがわ》や」

サンジの隣、助手席にすわっていたケンが、後部席の坂田をふりかえった。

「昼間はあんまりきれいやないけど、夜はええわ。東京も隅田川《すみだがわ》とかいうのが、あるのやろ」

「ええ。でも、ミナミのようには、繁華街に川はありません」

「のうなってしもたんか」

「埋めたてたんです。戦争が終わってすぐの頃だそうです」

ケンは頷き、煙草に火をつけた。ダッシュボードの灰皿をひきだしても、サンジは何もいわなかった。

「兄ちゃん、生まれも育ちも東京か」

「はい」

う。なあ、サンジ」

「わいらと反対やな。生まれも育ちも大阪や。けど、わいとサンジはちょっとちが

「へえ」

サンジはおそるおそる、といったようすで頷いた。

「わいは、生まれも育ちも大阪やけど、日本人やない。韓国人や。奇妙なもんやで。生まれたのも育ったのも、その国やけど、その国の人間やないっていうんは。だからこう思っとる。大阪者《もん》や、て。日本人とか韓国人とか関係あらへん。大阪者や」

「じゃあ僕は東京者《もん》ですね」

「そやな。大阪はええとこや。住みやすい、思うわ。もっとも他の町住んだことあらへんからわからんけどな」

「僕も同じです。けれど、東京が住みやすいかどうか、わからない」

「だったら大阪の方がええかもしれんな。住んどる人間が、ええ、と思えるんやから」

橋を渡ったシーマは、下町風の広い交差点にでた。

「十三や。ヤクザのメッカや」

ケンは愉快そうにいった。

「学生の頃、ようきたわ。この先にな、栄町《さかえまち》いう商店街があってな、裏側はアルサロが集まっとる。飲みにきちゃ、ヤクザ者とケンカしとったわ。しまいに、有名になってもうてな」

「皆んなびびっとりましたよ。鶴橋のケン、いうたら知らん者おらんでした」

サンジも嬉しそうにいった。

「アルサロって何ですか」

坂田は訊ねた。サンジは驚いたようにいった。

「アルサロ、知らんのか。アルバイトサロンの略や。店ん中まっ暗で、音楽ががんがんかかっとってな――」

「ピンクサロンですか」

「ピンクサロン。そうもいうな」

「東京ではピンサロっていいます」

坂田はいった。会社の連中と、池袋《いけぶくろ》のピンサロに何回かいったことがある。ケンがふりかえり、にやっと笑った。

「東京者も大阪者もスケベにはかわらんな」

「けど、ケンさんみたいに中坊のときからアルサロいかれる人はおらんとちゃいまっか」

サンジがまぜっかえした。

「中学生のときから、ですか」

坂田は驚いた。

「いらんこというな。背が高かったから、わかれへんかったんや」

ケンが照《て》れたようにいった。

「ませてたんですね」

「かわいがってくれる姐《ねえ》さんがおったんや。男にしてもろてな。しゃぶ中のヒモに刺されて死によった」

ケンはしみじみとした口調になった。

「――そうですか」

「その栄町ですわ」

サンジがいった。シーマはひっそりとした商店街のアーケードの下に入っていた。間口の狭い定食屋やお好み焼屋、うどん屋などが、八百屋や魚屋などと軒を接して並んでいる。下町によくあるような商店街といった雰囲気だった。

「富岡のヤサは、この先のアパートです」

「前、つけたれ」

ケンは厳しい口調になった。

「へえ」

サンジがシーマを止めたのは、アーケードを一本入ったところにある、五階建ての細長いマンションだった。

「何階や」

「確か三階やったと思います。ローマ字でトミオカいうて貼ったりました」

「よし。サンジ、お前ここで待っとれ。またお前がでてくとややこしなるし、見張りや。エンジンかけといて、いつでもでれるようにしとき。それと何かあったらクラクション鳴らせ」

「はい」

ケンは坂田を見た。気負ったようすもなく、

「いこか」

といった。

坂田は頷いて、シーマを降りた。ケンがいてくれるせいもあるかもしれないが、妙に恐怖や不安の感情はなくなっていた。また殴られるかもしれない。ひょっとしたら

本当に殺されるかも、と思ったが、これだけ一日のあいだにいろいろなことがあると、もうこの先何が起きても驚かないぞ、というひらきなおった気持が生まれていた。

今は、新製品のチップスのことなどどうでもよかった。五千万をとり返し、真弓を連れ戻すことがすべてだ。

マンションには小さなエレベーターが備えられていた。それを使い、ふたりは三階まで昇った。

エレベーターを降りると、左右にふた部屋ずつがあり、富岡の部屋は右側の奥だった。

ケンはスティールのドアを無雑作《むぞうさ》にノックした。

「あの時間にでたのなら、まだ寝とらんやろ」

つぶやく。

「――誰や」

その言葉通り、部屋の中から声が返ってきた。

「遅いとこえろうすんません。秋津さんとこの使いの者ですわ。預りもんがありますさかい、開けたって下さい」

ケンは愛想のいい声でいった。

「下がっとき」

片手で坂田を押した。そして自分は一歩踏みだすと、ドアの魚眼レンズに近づいた。

ドアが開いた。富岡が顔をだした。酒を飲んでいるのか、赤らんでいる。Tシャツにショッキングピンクのショートパンツをはいていた。シャワーを浴びたばかりらしく、髪が濡れていた。

富岡は廊下に首をだし、坂田の姿に気づいた。

「何や、お前——」

ケンは、にっと笑い、いきなり富岡の顔面に強烈な頭突きを浴《あ》びせた。ガツッという鈍い音がして、富岡は後方にひっくりかえった。そのすきに、するりと室内に入る。坂田もあわててあとを追った。

「ドア閉め」

ケンがふりかえらず、いった。坂田はドアを閉めた。

富岡がふらふらと立ちあがった。両鼻から滝のように血が吹きでていた。

「な、何しよんねん?!」

「じゃかしい」

ケンは低い声でいって、富岡の腹にストレートを見舞《みま》った。が、富岡はそれを左腕でブロックし、くいしばった歯のあいだから、

「このガキ……」

と唸《うな》り声をあげた。富岡が膝蹴りを放った。ケンはそれをすっとよけると、右手で富岡の喉《のど》をつかんだ。

坂田は気がついた。ケンは単に背が高いだけでなく、腕が非常に長いのだ。富岡がのけぞって蹴りを放とうとすると、そうはさせずに左手で股間をにぎりしめた。

富岡の顔が赤くなった。ケンは首をつかんだ右手をのばした。富岡はケンの腕をふりほどこうとしたが、びくともしなかった。

富岡の顎があがりはじめた。ケンの右手が喉を締めつけ、のけぞらしているのだった。

不意にケンが右手を離した。勢いで富岡の顔が前にとびだした。そこへ再び強烈な頭突きが浴びせられ、富岡はぐわっと声をあげた。

富岡が倒れながら足ばらいをかけた。向こうズネに踵《かかと》が命中している筈《はず》なのに、ケンはびくともしなかった。

ケンは富岡をひきずり起こした。その刹那《せつな》富岡の拳がケンの顔に入り、坂田はあっと思った。

ケンの顔がぐらりと動いた。

「ええパンチやな」

ケンはいって、左のフックを富岡のわき腹に打ちこんだ。富岡は呻《うめ》いた。体がいくぶんもちあがったかと思えるほど重みのあるパンチだった。

ケンの唇からも血が流れていた。しかし富岡の顔はもっと無残《むざん》だった。二度の頭突きで鼻柱が潰《つぶ》れ、唇も裂けている。

富岡は憎しみのこもった目をケンに向け、その顔面に突きを送りだした。ケンの目を狙ったものだった。

ケンの首が水平に動いた。突きが空を切ると、ケンは富岡の右手首をつかんだ。

「あらよっ」

気合《きあい》をケンが発した。右膝をもちあげ、まるで枯れ木をへし折るように、富岡の右腕を叩きつけた。メキッという嫌な音がした。

富岡が悲鳴をあげ、うずくまった。

「もう、しまいか」

折った右手首をつかんで離さずに、ケンはいった。富岡は答えられず、首を激しくふった。

「ほな、次は指いこか」

ケンは淡々といった。富岡の小指を反対側に向け、両手で押し潰した。今度は高い音がした。富岡はびくんと体を震わせ、歯をくいしばって声をこらえた。

「もう一本や」

さらに薬指を折った。富岡の顔が土色になり、今にも吐きそうな声でいった。

「お、おんどれ、どこの者じゃ……」

「極道やあらへん。どこの者もくそもあるかい」

ケンは落ちついていい、中指を折った。ポキン！　という音が響いた。

「わ、わかった。もうカンベンしてくれ。悪かった……そっちの兄ちゃん、あやまるわ。カンベンしてくれ……」

富岡がうわずった口調でいった。

「よっしゃあ。あと二本でカンベンしたる」

「や、やめてくれ……」

「銭どこや」

「ぜ、銭」

「ネコババした五千万や。福島でもってったやろが――」

「あ、ああ、あれか……」

「あれかやないぞ。えらい迷惑しとる人がおるんや」

ケンは人さし指を握った。見ている坂田まで呆然《ぼうぜん》とするほどの迫力だった。この部屋に足を踏みいれてからのケンは、まるで別人だった。まるで毎日し慣れた仕事にのぞむような態度で富岡を痛めつけている。それもまったく容赦がなかった。

「い、今は、秋津の兄貴んとこや」

「今は？」

「か、返すつもりやったんや。けど、ようす見よか、いうて――」

ケンが人さし指をひねりあげたので、富岡は体をのたうたせた。

「嘘つけ。山分けする気やったんやろ。ほんまのこといわんと、左手も折るで」

「カンベンしてくれ……。頼む」

「そんなら、いえ」

「わかった。……秋津の兄貴がようす見て、大丈夫そうやったら、分けよか、いうて……」

「全部、秋津がもっとるんか」

「そ、そうや」

「なめとるんちゃうか。お前、只《ただ》働きやないか、それやったら」

まったく信じていないようにケンは人さし指をうらかえした。

「わかったあ」

富岡は悲鳴をあげた。

「二百万、もろた。そこの上着の中や」

左手でさした。

坂田は初めて、室内を見回した。乱雑に散らかった一DKだった。ダイニングにコタツがあり、六畳間にベッドがおかれている。カップ麺の容器やコンビニエンスストアの弁当箱が散乱し、ビールの空き缶に吸い殻が山のように押しこまれていた。ベッドのかたわらに、鴨居《かもい》に吊るしたスーツが数着あった。その中に、昼間坂田が見た、玉虫色《たまむしいろ》のものがある。

「見てみ」

ケンが見配《めくば》せした。坂田は靴を脱いでベッドにのぼった。ケンのあとにつづいて靴をはいたまま富岡の部屋にあがりこんだのだ。

スーツの上衣を探《さぐ》った。帯封《おびふう》をした百万円の札束と、帯封を切られた束がある。

「何や、使てしもたんか」

それを見たケンはいった。

「麻雀で、負けてもうた……」

「なんぼや」

「に、二十万……」

ケンは舌打ちした。室内を見回す。

「しゃあないな」

コタツの上に外されて転がっている腕時計に目を止めた。金貼りのロレックスだった。

「ほんまもんか、あれ」

「あ、ああ」

「兄ちゃん、それ預かっとき」

ケンはにっと笑った。

「二十万のカタや。ちっと足らんがええやろ」

坂田はおそるおそるロレックスを手にとった。札束とともにポケットにしまった。

「で、残りの四千八百は秋津か」

「そ、そうや」

「秋津、今どこにおる？」

「し、知らん」

「ほな右手を片づけよか」

楽しそうにケンはいった。

「ほんまに知らんのや。飲んどるか、女のとこにおるか……」

「女のヤサ、どこや」

「知らん」

「あのなあ兄ちゃん、両手の指全部折ったら、次、足いくで」

「わかった……。ミナミの『ルージュ』ちゅうクラブや。そこのひとみちゅう女が、秋津の兄貴のレコや」

「その店、何時までや」

「に、二時」

「それやったらもう終わっとるわい。それからどこいく？」

「たぶん、カラオケや。『ケチャップハウス』ちゅうオカマバーがあるんや。そこいって……それから、レコのとこや」

「そやからレコのヤサはどこや、いうてん」

「だ、大国町《だいこくちょう》。マンションまでは知らん」

「秋津の車、なんじゃ」

「べ、ベンツや」

「アホ。ベンツやいうことくらいわかるわ。色とナンバーや」

「こ、紺。なにわの、四八二二……」

「四八二二やな。ご苦労さん」

いうなり、ケンは富岡の首に右腕をかけた。富岡がじたばたと足を動かした。

「や、やめ、やめ……」

声が止まり、赤くなっていた顔がすっと青ざめ、ぐったりとした。坂田は愕然《がくぜん》とした。ケンが腕を外すと、ぐんにゃりと富岡は崩れた。

「死んだんですか……」

声が震えていた。

「死んでない。オトしたんや。柔道でやるやろ。気絶さす、いう奴だ。具合いが難しい。下手やると、本当に死んでまうからな」

ケンは立ちあがり、唇をぬぐった。

「さ、いこか。次は秋津や」

坂田は何もいえずにケンを見あげた。まったくとんでもない人物だった。興奮も緊張もない。

「どうしたん。びっくりしたんか」

「ええ……。あんまりケンさんが強いので」

息を整えながら坂田はいった。

「しょうもない。何も人に自慢できることやあらへん」

ケンは顔をしかめた。

「いこ、いこ」

# 8

シーマに乗りこんだケンは、

「ミナミの『ケチャップハウス』て知ってるか」

とサンジに訊《たず》ねた。

「へえ。オカマバーですわ」

「そこいけ。秋津がおる」

「あの……富岡は？」

「寝てるわ。当分、目さめへんやろ」

こともなげにケンがいうと、サンジは目を丸くした。

「いてもうたんですか?!」

「アホか。人殺しになってどないするんや。シメておとしただけや。目さめたら病院いきや。指三本、折っといたった」

サンジは首をふった。

「やっぱり、ケンさんすごいわ」

「いらんことといわんと、早《は》よ車だせ」

「へえ」

いって、サンジはサイドブレーキを降ろした。

「いろいろとありがとうございます」

シーマが走りだすと、坂田はケンに頭を下げた。

「まだこれからや」

煙草《たばこ》を吸っていたケンはいい、サンジを見やった。

「おい、お前の兄貴分に電話してな、真弓が無事かどうか、確かめ」

「――電話するんでっか」

サンジは気のすすまない口調《くちょう》だった。

「あたり前や。わいはな、お前とこの組のためにやっとるんやないぞ。真弓に万一のことがあってみ、今すぐお前とこの組いくど」

「わ、わかりました。電話しますわ」

サンジは自動車電話をとり、片手で番号を押した。運転しながら耳に押しつける。

「——あ、水野の兄貴でっか、サンジです。へえ……。今、富岡のとこでたとこです。いや、二百しかもっとりませんでした。残りは秋津やそうです。へえ……。今から、いってみます。そいで、例の姐《ねえ》ちゃんですけど——。へえ、そうでっか。わかりました。あの——」

相手が切りそうになったのか、サンジは早口でいった。

「あの真弓いうのん、わいの中学のときの後輩ですねん。そやから、あんまり痛めつけんといたって下さい」

相手の返事に耳を傾けた。

「へえ……それはもう。……わかっとります。そやから、なるべくそれまでは……へえ。あんじょう頼みます。ほな、失礼します」

電話をおろした。

「どやって？」

ケンが訊ねた。

「唐山の兄貴らといっしょに車ん中、おるそうです。東京からの客人もいっしょや、いうてました」

「どこにおるんや」

「たぶん、住之江《すみのえ》の駐車場やと思います。組長から、朝までとにかく待っとけ、いわれたそうで」

ケンは厳しい表情で頷《うなず》いた。

「警察呼ばれたら、すぐ動かせるようにしとるんやろ」

「じゃ、まだ何もひどいことはされてないんですね」

「車ん中じゃしようもないやろ。もし妙なことしたら、あとから警察いかれるかもしれへんしな」

サンジがいうと、ケンが暗い顔でいった。

「そやからお前はアホや、いわれるんや」

「なんでですか？」

「考えてみ。真弓はともかく、坂田さんはすっカタギやど。もし坂田さんが五千万とりかえしてきたら、はいご苦労さんいうて、そのまま自由にするか」

「ど、どういうことでっか」

「坂田さんがその足で警察いったらどないすんねん。誘拐、監禁、脅迫で、いちころや。その上、偽造のゴルフ会員権の話がでてきてみぃ。組長まで全部、もってかれるわ」

「それやったら――」

「お前、自分の役回り、わかっとらんな。もしお前が五千万もって、坂田さん連れて戻ってみ。おーし、ようやった、幹部や、いわれるわ」

「そ、そうでっか」

サンジは嬉しそうにいった。

「けどな、その前にもうひと仕事や。この坂田さん、殺せ、いわれるわ」

坂田は思わずケンを見つめた。

「そんな――」

サンジも絶句した。

「まちがいない。お前がやらへんかったら、たぶん東京からきてる、他所者《よそもん》にやらすやろ。口、封じないかんからな」

「それ、無茶や」

「無茶するんが、ヤクザや。いちばんええんは、坂田さんが、富岡か秋津に殺《や》られることや。お前、何ぞもたされへんかったか」

「そ、それは……」

サンジは黙った。

「せやろ。もし坂田さん殺されたら、お前それもって、今度は秋津を殺れ、いわれるわ」

「けど、今うちとことセンバ会は手打ちしたばかりですわ」

「それやったらなんで、お前とこの組長は、偽造の会員権、秋津に売りつけた？」

「…………」

サンジは黙った。

「お前とこの組長、センバ会を憎たらし、思っとるやろ。チャンスあったら、秋津をいてまおう、思うとるやろ」

「――かもしれません」

「そういうわけや。富岡に勝てへんやろ、思うとるのに、なんでお前を坂田さんにつけたか、や。ひょっとしたら、お前も坂田さんも、富岡や秋津に殺られてしまいよる――そうなれば、でいりやのうて、カタギを殺《と》ったちゅうことで警察に密告《さ》せばええねん。センバ会、ガタガタや。五千万のうなっても、もともとがニセの会員権やし、センバ会の銭《ぜに》や、痛いこと何もあらへんわ」

「そんな。組長、そない悪ういわんといて下さい」

「アホウ！」

ケンはどなった。坂田まで身を縮めるほどの権幕《けんまく》だった。

「お前はどこまで人がええねん。ム所入るか、殺されるまで、それに気づかへんのか」

「……けど、それやったらなんで、ケンさん、わいらのこと助けて、富岡から銭とり返して下さらはったんですか」

サンジは低い声でいった。

「決まっとるやろ。お前と坂田はんが殺されたら、真弓はどないなるんや。しまいやど。裕也、かわいそうやないか」

「それやったら、どないしたら――」

「五千万とりかえして、お前とこの組長と話つけるんや。それ以外に助かる道あらへんわ。お前も人殺しになりとうないやろ」

「へえ」

「人殺しになっても幹部がええか」

「嫌《いや》です。長いことム所入ってたら、でてきたとき、組がどないなっとるかわかったもんやないですから」

「そうや。新法でばたばた潰《つぶ》れとるよってな」

シーマは、まっすぐな一方通行の太い道を走っていた。ケンが坂田をふりかえった。

「御堂筋《みどうすじ》や。見てみ、ずっと青信号やで」

坂田は話の内容が気になりながらも、息を呑んだ。東京にはこれほどまっすぐにつづく道はない。どこまでもつづいているかのように見える直線道路にかかった信号が、今ちょうど、すべて青になっていた。その光景は、まるで日本とは思えない。

シーマはスピードをあげ、次々と交差点をつっきっていった。

「夏やったら、千日前《せんにちまえ》まで暴走族がつっこんでくわ」

ケンがいった。

「そこで秋津らが富岡連れて、ようゾク狩りやっとりましたわ」

「大馬鹿やな。自分らもゾクやっとったくせに、自分らの若いときと同じような者をいたぶりよる。人をいたぶっとらな、自分に自信がもてへんのや」

「わいもそう思います」

「――けど秋津は手ごわいわ。富岡のようにはいかんやろ」

ケンは低い声でいった。

「へえ。ボディガードも連れとるでしょうし」

「生命がけやな」

ケンは明るい声になった。

「まあええわ。悪いことしてるわけやあらへんし……」

いったいどういう人物なのだろう、と坂田は思わずにいられなかった。ケンには、どこか自分の生命などどうなってもかまいはしない、という開きなおりがあった。といって、人生に対し、投げやりや捨《す》て鉢《ばち》になっていないことは、サンジへの叱り方でわかる。

サンジがウインカーをだし、ハンドルを左に切った。

「笠屋町《かさやまち》の方か」

ケンがいい、

「玉屋町《たまやまち》ですわ」

サンジが頷いた。

「どないします。のりこみますか」

「さっきといっしょや。とりあえず、車の中で待っとけ」

シーマは、飲食店街を走る細い道に入っていた。縦横に、碁盤《ごばん》の目のような道が走り、ネオン看板をつきだした雑居ビルがそれに沿って建っている。

「この先でっけど、こっちからは一方通行で入れまへん」

道と道が交差するところでサンジは車を止めた。タクシーの空車が行列を作って止まっている。三時半を過ぎていたが、ふたり組や三人組の酔っぱらいの姿を見かけた。そして所在《しょざい》なげに立っている、中年の女の姿があちこちにあった。

ケンと坂田はシーマを降りた。目ざとく見つけた、そうした中年の女のひとりが歩みよってきた。

「ラウンジ、いかがですか」

声をかけてくる。客引きのようだ。が、十メートルと進まぬうちに、また別の女から声をかけられた。

「ラウンジ、いかがですか」

坂田は、大またで歩くケンに追いつこうと早足になりながら訊ねた。

「何です、あれ」

ケンは女たちのかける声をまったく無視して進んでいた。

「捨ててもええ銭《え》があったらついてってみるこっちゃ。そうすりゃわかる」

ケンはちらりと笑みを浮かべ、いった。口調からすると、かなり怪しげな、キャッチバーの類《たぐ》いのようだ。

「ここか」

ケンは、白いタイルを貼《は》った雑居ビルの前で立ち止まった。外壁にずらりと並んだ看板の中に「二F、『ケチャップハウス』」とあった。ビルのまん中を抜ける廊下を歩き、ふたりはつきあたりの階段をのぼった。廊下の左右に、扉が並んでいて、それぞれ看板がでているが、さすがに半数ほどは明りが消えている。

二階にあがっても同じような造りだった。が、「ケチャップハウス」はかなり大きな店らしく、廊下の片側すべてを占《し》めていた。

ケンはどぎついピンクの文字で、「KETCHUP HOUSE」と記された扉を押した。

「いらっしゃーい！」

とたんに口の周りに墨でヒゲを描き、かすりの着物をつけた田子作《たごさく》ルックの奇妙な男がどら声をはりあげ、迎えた。ちょうど入ってすぐのキャッシャーのところに立っていたのだった。

耳を突くボリュームでユーロビートが流れていた。店の中は暗く、中央のステージと覚《おぼ》しい位置に強いライトがあたっている。そこでは、ボディコンのミニドレスを着《つ》けた〝女〟たちが踊り狂っていた。

「おふたりー?!」

どら声をあげた田子作が訊ねた。

「そうや！」

ケンが叫びかえした。

「ちょっと待っててー。今、ショウが終わったら、お席、案内するからねー」

「空《あ》き、あらへんのか?!」

「そう！」

実際、目が慣れてくると、ステージを囲んだボックスがすべて埋まっているのが、坂田にもわかった。人気のある店らしい。確かに、ステージで踊っている〝女〟たちは、すべて本物と見まがうほど美しく、同じような衣裳を着けて、ボックスとボックスのあいだを歩きまわっている〝女〟たちも、ぱっと見た限りでは、男とは思えない。

客席が盛りあがった。ステージから降りた踊り子が、大きく脚をはねあげて、ピンヒールを客席の背にかけたからだった。スカートがまくれあがり、ガーターで留めたストッキングがむきだしになった。そこへ客席にいた男が畳《たた》んで折った千円札をさしこんだ。

踊り子は男を抱きよせ、キスをした。拍手と嬌声《きようせい》がおこった。客席を走るライトの中で、客の手が何本も揺れた。どの手も千円札を握りしめている。踊り子たちがいっせいにステージを降りた。客席に散らばる。あちこちで悲鳴や笑い声が弾《はじ》けた。

パンティに手をさしこもうとして、

「スケベ！」

男の声で怒鳴《どな》られている客もいる。客の多くは、ホステスと覚しい女連れの団体だ。

不意にケンが坂田の肩をつかんだ。

「あっこの角《かど》。今、紫の服着たおかまがおる席や」

それはステージの袖《そで》にちかい場所の客席だった。ブランデーのボトルが二本立ったテーブルに、五人の男女がすわっている。男三人、女ふたりの組みあわせで、踊り子が今、ひとりの男の膝の上にすわろうとしていた。

男は手に一万円札をもち、踊り子のドレスの開いた深い襟《えり》ぐりにさしこんだ。

「おお！　本物でっせ！」

感動したように叫ぶ。

男たちはひと目でやくざと知れるいでたちだった。全員スーツを着てはいるが、ふたりは喪服のように見える黒で、中央にいるひとりは、銀色に光る派手《はで》な生地《きじ》で作られている。

「あのシャークスキン、着とるんが、秋津や」

ケンは囁《ささや》いた。

「知ってるんですか」

「ああ。よう、な」

坂田はケンを見た。煙草をくわえ、火をつけたところだった。富岡に殴られた唇が腫《は》れ始めている。

音楽が大きくなった。チップを体じゅうにさしこまれた踊り子たちがステージに戻った。最後に戻ったのが、秋津たちの席にいた踊り子だった。彼女は、秋津がアイスペールに注《つ》いだブランデーを一気飲みさせられたのだった。秋津は拍手した。

ステージにあがった踊り子たちは、一列になり、頭をさげた。場内アナウンスがひとりひとりを紹介し始める。それによると、このショウがラストステージだったようだ。

踊り子たちがひっこみ、

「どうもありがとうございました」

というアナウンスとともに、店内が明るくなった。客のほとんどが、ショウを目あてにしていたのか、あちこちで立ちあがる気配があった。

ケンが、かたわらの田子作をふりかえった。

「もうしまいか？」

「店は五時までです。ショウは終わりですけど……」

ふたりの立っている場所にどっと、客が向かってきた。勘定書《かんじょうが》きを手にした〝女〟が混じっている。

「お愛想《あいそ》ーっ」

「ありがとね。きてくれて」

「キャーッ、エッチ。何すんのん、責任とらすよ」

「子供産め！」

「産んだろか！」

秋津たちも立ちあがっていた。

「悪いな。またくるわ」

ケンがいい、坂田の肩を押した。勘定をすませ、店をでていく客といっしょにドアをくぐった。

廊下にでて、坂田は深呼吸した。店の中は暑く、〝女〟たちが濃く塗ったファンデーションや香水の匂い、そして煙草の煙で、息が詰まりそうだったのだ。

ケンは入口から少し離れた壁によりかかり、煙草を吸った。坂田はかたわらに並んだ。

「秋津、でてきたら、ちっと離れとき」

ケンはいった。

まさかここで殴りあいをする気では、と坂田は思った。

「富岡みたいにやるんですか」

「わいはやらん。けど、連れがおるからな」

それは秋津のボディガードをさしているようだった。

やがて、秋津の一行が姿を現わした。まず黒服の手下その一が店をで、そのあと、女ふたりにはさまれて、両手をポケットにさしこんだ秋津がつづいてきた。長い煙草をくわえ、肩をゆすっている。パンチパーマをかけた髪の、額《ひたい》の生え際のあたりにひと筋、白髪があった。目が細く、切れ長で、色白のすっきりとした顔だちをしている。が、その横顔には、カミソリのような鋭さがあった。

「秋津はん」

ケンが声をかけた。最初にでてきた黒服と、秋津の背後にいたもうひとりがさっと身構《みがま》えた。

ケンは煙草を廊下に落とし、踏み消しながら、秋津を見やった。

「おう。久しぶりやのう、ケン」

秋津はふりかえると、目を細めた。

「待っとりましたよ」

「何や、約束しとったか」

「いえ。富岡から聞きましてん。ここに秋津さんおられる、て」

「そうか。何の用や」

秋津は動ずる気配もなくいった。かたわらのふたりの手下は今にもとびかかりそうな形相で、ケンと、少し離れて立つ坂田をにらんでいる。

「ええでっか、ここで話して」

「ええよ。わしとケンとの仲や」

いって秋津はポケットから片手をぬきだし、額の白髪に触れた。

「ブロックでどついて、この髪にメッシュいれたんは、おのれやないか」

にやっと笑った。

「痛かったでえ」

坂田はぞくっとした。秋津には、富岡やサンジらとはまるでちがう迫力があった。

「夕方、富岡がかめた銭、五千万、返してほしいんですわ」

「何いうとんじゃ?!　おんどれは！」

手下が吠《ほ》えた。廊下が凍りついた。

「やかましい。大きな声ださんとき。ご近所迷惑になるよって」

秋津がいさめた。煙草を唇からはがし、投げる。それは火がついたまま、ケンと秋津のあいだに転がった。

「ケン、お前、堀河組に盃《さかずき》、もろたんか」

「いいや。富岡のせいでえらい困っとる兄《にい》さんがおりましてん。助けたろ、思っとります」

ケンは秋津とその手下からは目を離さず、いった。

秋津が坂田を見た。

「兄さんいうのは、こちらか」

「はい」

坂田は頷いた。

「聞こうやないか」

秋津は鷹揚《おうよう》にいって、おい、と手下に顎《あご》をしゃくった。ホステスふたりをその場に残し、坂田とケンに歩みよってくる。呪縛《じゅばく》がとけたように、その場に凍りついていた他の客たちが動き始めた。

ケンが左手をさしだした。掌《てのひら》を秋津らに向け、坂田の鳩尾《みぞおち》のあたりで止める。かばってくれている仕草《しぐさ》だった。

秋津はケンと一メートルと離れていない場所で立ち止まった。じっと坂田を細めた目で見つめた。何も感じさせない視線はかえって無気味《ぶきみ》だった。

「名前は、兄さん」

「坂田です」

その秋津の目から自分の目をそらせたいのをこらえ、いった。

「下は何ていうんや」

「勇吉。坂田勇吉です」

「仕事は何や」

「サラリーマンです」

「どこの会社や」

「……ササヤ、食品の、宣伝課です」

「東京か？」

「はい。今日、出張で、こっちにきました」

「東京の兄さんがな……」

秋津はそういったきり、坂田を見つめつづけた。異様とも思えるほど、長い時間、見つめていた。やがて口を開いた。

「わいはな、よそ者が嫌いや。いちばん嫌いなんが東京者や。虫酸《むしず》が走る。踏み潰してなあ、ぐちゅぐちゅにして、そいで小便かけてツバ吐《は》いたる。ええ気持や」

本当に気持よさげな口調だった。坂田は胃のあたりが重くなってきた。

「そんで？」

秋津が坂田をうながした。坂田は素早くツバを飲み、喋《しゃべ》った。

「今日の夕方、会社の資料の入ったアタッシェケースをもって、将棋博物館にいきました。そこで手ちがいがあったんです。富岡さんが運んでいたお金の入ったアタッシェケースと僕のアタッシェケースをまちがえた人がいました。戎橋《えびすばし》のそばのゲームセンターに勤めている人です。その人がもってきた品物を富岡さんはもって帰り、その人に渡す筈《はず》だったお金も富岡さんがもって帰ってしまいました。その結果、お金を受けとる筈だった堀河組の組長がすごく怒って、僕に代わりにお金をとり戻してこい、というのです」

秋津は微笑《ほほえ》んだ。見る者に不安を感じさせるような笑みだった。

「なんで兄さんがそこまでせなあかん」

坂田は再びツバを飲んだ。

「アタッシェケースを捜し回っていた僕を助けてくれた女の人がいました。見ず知らずの僕のために、あちこちついていってくれたんです。その人がいま、堀河組の組長さんといっしょにいます。僕が五千万円をとり戻してこないと、その人がひどい目にあいます」

「――真弓ですわ」

ケンがぼそっと告げた。とたんに秋津が笑いだした。大声の愉快でたまらない、という笑い方だった。

「こら傑作《けっさく》や！　偶然か、それ。たまらんな、え、ケンよ……」

秋津はかたわらの手下をふりかえり、その肩を叩いて笑いつづけた。手下も悪意のこもったにやにや笑いを浮かべていた。

「――笑いごとやあらへんですわ」

ケンが低い声でいった。秋津がぴたっと笑いを止めた。

「何やと」

手下の形相も一変した。

「もういっぺんいうてみいや」

手下のひとりがケンと顔と顔がふれあうぐらい近くまで踏みだした。

「ええわ」

秋津がいさめた。アクビを嚙み殺している。

「なあ、ケンよ。そらお前にとっちゃ、笑いごとやあらへんやろな。何ちゅうても、真弓いうたら、お前の義理の妹やった女や」

坂田は思わずケンをふりかえった。ケンはまったく表情をかえなかった。

「けどな、わいらにとっちゃ笑い話や。それにな、いうといたる。この兄さんの話には、何もわいは関係しとらん。なんでお前がわいを待ち伏せとったんか、理由になっとらんで。悪いのはみんな、堀河の親父《おやじ》やないか」

「――富岡さんが、五千万のお金を、秋津さんに渡した――」

坂田はいいかけた。とたんに秋津がさっと坂田をにらんだ。

「おい。ものいうときな、相手の立場考えていえよ。カタギでもな、下らんことというと、死ぬぞ」

　触れれば切れそうなほど冷たく、鋭い口調だった。坂田は思わず言葉を呑みこんだ。

「わいが銭もっとる、いうたんか、富岡は」

秋津は坂田が感じた恐怖を見てとり、ゆるゆるとケンに目を移した。

「いいましたわ」

ケンが答えた。

「よう、いうたな。あのガキ」

秋津はつぶやくように吐きだした。そしてケンを見すえた。

「富岡、かわいがったんか」

「この兄さんの顔、見たって下さい」

ケンはかわらぬ口調でいった。

「富岡がやりよったんですわ」

「それでお前がやり返したんか」

「手首の骨と指三本、折ったりました」

ケンはたんたんといった。秋津は眉根《まゆね》をよせた。しばらく口を開かなかった。

「……富岡はの、わいの弟分や。知っとってやったんやな」

低い、耳をすまさなければ聞きとれないほどの声でいった。

ケンは無言で首を揺らした。

「五千万、返したって下さい」

秋津は深々と息を吸いこんだ。

「おのれはのう……」

「どうです？」

ケンはさらにたたみかけた。まったくの無表情だった。

秋津は首を傾け、ケンを見つめていた。囁くような声でいった。

「殺したるわ」

次の瞬間、坂田はすさまじい力でつきとばされた。ケンがやったのだった。

ケンのま向かいにいた手下が上着の裾《すそ》をはねあげ、背骨のよこから匕首《あいくち》をひきぬいた。かまえるが早いか、ケンにつっこんだ。

「のガキ！」

ケンが怒号《どごう》をあげ、その男の首をつかんだ。肘《ひじ》打ちを浴《あ》びせる。少し離れたところにいたホステスが甲高い悲鳴をあげた。

秋津がくるりと背中を向けた。手下とともに走りだす。

「待てや！」

ケンが追おうとしてたたらを踏んだ。坂田ははっとした。ジーンズの左の太腿がまっ赤に染まっていた。

尻もちをついた手下はどす黒く染まった匕首を握りしめていた。

秋津ともうひとりの手下はふりかえりもしなかった。靴音をたて、ホステスをおき去りにして階段を駆け降りていく。あとを追おうにも、ケンをおき去りにできず、坂田は動けずにいた。

「待たんかい、こらあ」

足をひきずって走ろうとしたケンに、立ちあがったやくざが塞《ふさ》がった。

「このガキっ、死ねやっ」

「やかましい！」

ケンは左手を太腿にあてがったまま、右手で男の顔をつかんだ。そのまま激しい勢いで男の頭をビルの壁に叩きつけた。ガツッという大きな音がした。男はその一撃で昏倒《こんとう》し、ずるずると崩れた。

ケンはぴょんぴょんはねるようにして、踊り場《ば》に向かった。

「ケンさん！」

たいへんなことになってしまった。まるで映画のワンシーンのようなできごとを目《ま》のあたりにして、坂田は口の中がからからに干あがるのを感じた。駆けよった。

ケンの左脚は血でまっ赤だった。血管を切ったのか、激しい勢いで、ジーンズの裂け目から血が溢《あふ》れでてくる。

「阿呆《あほ》！　追わないかん！」

階段の手すりにつかまり、ケンは叫んだ。

「それどころじゃないですよ！」

坂田は叫びかえし、「ケチャップハウス」の扉に走りよろうとした。その肩を、ケンが血に染まった指でがっしりとつかんだ。

「待て！」

坂田はケンを見た。激しい出血でまたたくまにケンの顔色は青白くなっていた。

「どないすんのや」

「救急車、呼びます。それに警察も」

ケンは喘《あえ》ぐように息を吸いこんだ。

「そんなもん、他の者に任せとけ。兄さんは、秋津追うんや」

「そんなこといったって――」

「ええか！　ポリが動いたら、真弓とり返せんようになるかもしれん。サンジ、呼ぶんや」

「でも――」

「早《は》よせえ！」

ケンがどなった。坂田は喉《のど》を鳴らし、階段を駆け降りた。ビルをとびだし、シーマに走りよった。運転席の窓を降ろしていたサンジに叫んだ。

「たいへんです！　ケンさんが刺されて！」

サンジの顔色がかわった。手が動き、トランクの蓋《ふた》を開くレバーをひいた。運転席をとびだすとシーマのうしろに回った。

サンジが何をしようとしているのかわからず、坂田は立ちつくした。サンジはトランクに顔をつっこむと茶色の紙袋をつかんで走りだした。

坂田はあとを追った。階段を駆けあがる途中で、サンジが紙袋を捨てた。中からつかみだしたものを見て、坂田は吐きけがこみあげてきた。

黒光りする拳銃だった。

二階まで駆けあがったサンジは、中腰になり両手で拳銃をかまえた。

「秋津ぅ」

金切り声のような叫びをあげる。

「阿呆っ。そんなもんしまえっ」

ケンが叱りつけた。階段の手すりに背中を預け、すわりこんでいた。太腿のつけ根を、ほどいたスニーカーの靴紐で縛りあげている。

「サンジ！　こっちこい！」

のびている秋津の手下に拳銃を向け、にじりよっていくサンジにケンはどなった。が、サンジは聞こえなかったように歩みよっていった。じりじりと銃口が下がり、手下の頭を狙っている。

「あかん。兄ちゃん、止《と》め！」

ケンは坂田を仰いだ。サンジの目は吊りあがり、蒼白《そうはく》になっている。

「サンジさん！」

坂田は叫んだ。が、サンジにはまるで聞こえていなかった。

「このガキ……いてもうたる……」

つぶやき声がその唇をわった。坂田は走りより、サンジの背中にとびついた。

「サンジさん！」

ドォン、という轟音《ごうおん》がサンジの手もとで響き、細めに開いていた「ケチャップハウス」の扉の向こうで、キャーッという悲鳴があがった。

サンジの体から力が抜けた。坂田はサンジを向き直らせた。放心したような顔でサンジはふりかえった。

坂田はサンジの足もとを見おろした。意識をとり戻した秋津の手下が完全にひきつった表情で坂田とサンジを見あげていた。投げだした足のすぐかたわらの床に丸い穴が開いている。

「あかん」

ケンが目を閉じ、悲痛な呻《うめ》きをもらした。ケンの位置からでは、二人の陰になって倒れている手下の姿が見えない。

「殺《や》りよった……」

「大丈夫です」

坂田はいった。その言葉を聞いたとたん、サンジがはっと目をみひらいた。

「ケンさん」

サンジは坂田の手をふりほどき、駆けよった。

「阿呆。ケンさんもないわ」

ケンもようやく余裕をとり戻し、苦笑した。

「ええか。サンジ、お前、坂田さん連れて早よ、逃げ」

「おいてけません！」

「大丈夫や。もうすぐパトカーくる。それより、秋津、逃すな」

「けど、ケンさんおらんかったら、どないすればええんです?!」

「しっかりせぇ！」

ケンは大声をあげた。

「秋津はとびよる。銭あるからな。とっつかまえるんや」

「そんなこというたって――」

サンジは泣きそうな声をだした。坂田はそのかたわらに割りこんだ。

「どうすればいいんです？」

サンジが驚いたように坂田を見た。

「秋津はセンバ会のええ顔や。今夜さえしのげば、銭のことはともかく、わいを刺した件では逃げおおすやろ。せやから、今夜じゅうに奴をつかまえなあかん」

ケンはそこまで喋り、苦痛に耐えるように目を閉じた。そして再び開いた。

「そこにおるホステスに、秋津の女がおるかどうか訊《き》くんや。おったらその女が何か知っとる」

「はい」

「秋津のベンツのナンバー、なんぼやったな……」

ケンはサンジを見た。サンジが坂田を見た。

「なにわの四八二二」

坂田の口を数字が突いた。

「それや。それを捜し。サンジ――」

「へえ」

ケンはきつい目でサンジを見あげた。

「もし、秋津見つけても、ハジいたらあかんぞ。ええな」

「……………」

サンジは唇をかんだ。

「ええな！」

「へえ」

サンジはぺこりとひとつ、頭をさげた。ケンの唇に微笑が浮かんだ。

「けど、見せるぐらいやったらええ。秋津、今のお前見たらびびりよるわ。仇《かたき》とられる、思て」

「へえ」

サンジがいうと、ケンは頷いた。

「早よ、いけ」

「ケンさん――」

坂田はいいかけた。ケンは坂田を見つめた。

「兄さん、真弓のこと、頼むで。助けたってくれるか」

「がんばります」

坂田は歯をくいしばり、いった。

パトカーのサイレンが遠くから聞こえてきた。ケンが目を動かした。

坂田はくるりと背中を向け、「ケチャップハウス」の扉を開いて、中にとびこんだ。

入口のところでひとかたまりになっていた客と従業員が坂田の姿を見て、息を呑んだ。

坂田はひとりひとりの顔を見渡した。派手なコスチュームに身を包んだ〝女〟も、ヒゲを描いた田子作も、ホステスも、いちように白茶《しらちゃ》け、怯《おび》えた顔つきになっている。

中に、肩をよせあっているふたりのホステスがいた。オフホワイトのワンピースと、鮮やかなブルーのスーツを着たふたりだった。秋津といっしょにいた女たちだ。

坂田はそのふたりに歩みよった。

「ひとみさん、というのは？」

ふたりは顔を見合わせた。

「何もしません。しませんから――」

ブルーのスーツを着た、年上のほうの女が首をふった。

「ひとみさん、今日、店休みやったんです」

「本当ですか」

「本当です。風邪気味や、いうて」

坂田は唇をなめた。

「ひとみさん、大国町《だいこくちょう》のマンションですよね」

「はい」

「大国町のどこですか。教えて下さい。ひとみさんには何も危害は加えません。別の女の人の生命がかかっているんです。お願いします」

ふたりは顔を見あわせたまま、黙りこくっている。

「本当なんです。僕はヤクザでも何でもない、ふつうのサラリーマンです」

定期入れをとりだし、名刺を抜いた。奇妙かもしれないが、信じてもらうためなら何でもするつもりだった。

「ほら、これが僕の名刺です。ササヤ食品の宣伝課にいます」

ふたりに一枚ずつ押しつけた。

「生命が危いのは、あなたたちと同じ、大阪の、このミナミで働いている女の人です。僕を助けてくれようとして、ヤクザにつかまってしまったんです。助けるためにはどうしても、ひとみさんに会って、秋津さんのことを訊かなけりゃならない」

「けど、あたしらが喋った、わかったら秋津さんが——」

坂田は首をふった。

「絶対に喋りません」

背後のドアからサンジが顔をのぞかせた。

「兄ちゃん、急ぎや。ポリそこまできたわ」

「お願いします！」

坂田は必死の思いで、ふたりを見つめた。

「——大国町の、花乃木ハイツや」

不意にワンピースの若い娘がいった。スーツの女が、

「アイちゃん――」

と、とがめた。

「ええわ。あたし、この人、信用する。『ササチップス』、大好きやねん」

アイと呼ばれた娘がいった。

「ありがとうございます！」

坂田は頭を下げた。

「兄ちゃん――」

サンジが尚もいった。

「三丁目のな、一階にローソンが入ったマンションや。そこの六〇二」

「わかりました。本当にありがとう」

坂田は頭をさげた。

「けど、ひとみ姉《ねえ》さんには、絶対、迷惑かけんといて」

「誓います」

坂田はいって、見つめていたサンジをふりかえった。

「いきますよ！」

「何いうてんねん。今ごろ」

サンジがあっけにとられたようにいった。坂田はそのかたわらをくぐって走りだした。

サンジがあわててあとを追う。

ふたりがシーマに乗りこんだとき、二台のパトカーと、自転車に乗った制服警官がひとり、目の前を走りすぎていった。

# 9

「三丁目やったら、真弓ん家《ち》のほうや」

シーマを走りださせて、サンジがいった。

「そういえば、真弓さんの住んでいるマンションの向かいに、ローソンがありましたよ」

「それやったら、そこかも知れんな」

サンジはいった。暗い声だった。坂田はサンジを見た。

「どうしたんです？」

「どうしたんです、て、お前――」

サンジは息を吸いこんだ。

「無茶苦茶になってしもたやないけ」

「でもまだ、真弓さんを助けなきゃ」

サンジはあきれたように坂田を見つめた。

やがて、

「ケンさん、助かるやろか」

とつぶやいた。

「大丈夫です」

坂田は自分を勇気づけるようにいった。

本当は、不安と恐怖と、どうしてこんなことになってしまったのだろうという混乱が、頭の中いっぱいにあった。しかしそれでも、今はなぜか、パニックにはならない。それらの感情を、頭のうしろにおさえつけている、別の強いタガのようなものがあるからだった。

それは、真弓を助けなければ、という使命感だった。そのために傷ついてしまったケンの好意に報《むく》いなければ、という義務感だった。

もし真弓を助けられるなら、もはや、明日の宣伝会議などどうでもよかった。ひょっとしたら会社をクビになるかもしれなかったが、それでもかまわなかった。

そんなこととは、まるで別の次元の、強い何かが坂田をつき動かしていた。

ケンは死んではならないのだ。絶対に死んではならない。

坂田の沈黙をどうとったのか、サンジもまた、押し黙ってシーマのハンドルを操っていた。

坂田は訊《たず》ねた。

「真弓さんとケンさんが義理の兄妹だというのは本当なんですか」

「本当や。真弓の別れた亭主が、ケンさんの弟や」

「その人は——？」

「大阪におらん。東京いきよった。新宿《しんじゅく》かどっかで喫茶店やっとる、いう話や」

「そうですか……」

「——真弓、捨てられたんや」

坂田はサンジの横顔を見た。

「ケンさん、それを知っとって、真弓のこと、いつも気にかけとった」

サンジはぽつぽつといった。

「ケンさんは結婚は？」

「しとったけど、奥さん白血病で亡くならはった。子供おらんもんで、真弓の子供、かわいがっとったらしい」

「裕也くん、でしたね」

「今、真弓の母ちゃんとこやろ」

「どこです？」

「堺《さかい》の方や、聞いとる」

サンジはハンドルの上に首をのばした。

「あれ、ローソンやで」

「ベンツ、いますか」

「おらん」

シーマはローソンの前で停止した。坂田は助手席を降り、建物に歩みよった。道路をへだてて、真弓のマンションがあった。

ローソンの右隣に、ガラスの観音《かんのん》開きの扉があり、その上に「花乃木ハイツ」という表示が留められていた。扉の向こうは、片側に郵便受けが並んだ細い廊下で、奥にエレベーターホールがある。

「ここです」

坂田はシーマをふりかえった。

サンジがシーマを降りた。スウェットの裾《すそ》を気にするようにひっぱりおろしている。ふくらんだ腹の部分に、ちらりと黒い輝きが見えた。

サンジはあたりをしきりに見回した。なにわナンバーのベンツの姿は見える範囲にはなかった。

「秋津はここには近よらんかもしれんな」

ガラスの扉を押しながらサンジはいった。

「だとしても、ひとみさんという人は、秋津の居場所にどこか心あたりがあるかもしれませんよ」

坂田はいい、エレベーターのボタンを押した。四階で止まっていたエレベーターが降りてくる。坂田は腕時計を見た。午前四時二十分だった。夜が明けるまで、あと二時間足らずだ。こんな時間では、いくらやくざでも、そうはいく場所がないのではないだろうか。

上昇するエレベーターの中で、坂田はサンジに向き直った。

「ひとみさんという人とは、僕に話させて下さい」

「なんでや」

「サンジさんが訊《き》くと、恐がらせてしまうかもしれません」

サンジは不服《ふふく》そうに唇を尖らせた。

「もしサンジさんを見たら、ひとみさんは、僕らが秋津を狙っているものだと考えるでしょう」

「実際そうやないか」

「大切なのは、敵討《かたきうち》ちではなく、お金をとり戻すことです。ケンさんを、秋津が刺させたことは警察に任《まか》せましょう。僕たちは何も悪くない」

「アホいえ。ポリに任せてどないすんや。わいはチャカをぶっぱなしとるんや」

「でも誰にも怪我をさせたわけじゃないでしょう」

「カタギの考えることはわからんわ。そんなもん、おどかさんでどうやって口割《わ》らすんや」

「とにかく、僕に話させて下さい」

エレベーターが止まり、扉を開いた。廊下に踏みだした坂田は、あとを追ってこようとしたサンジを、手でおしとどめた。

「ここにいて下さい」

サンジは一瞬、かっとしたような顔になった。が、坂田の真剣な表情に気圧《けお》されたように立ち止まり、頬をふくらませた。

「ええわ。やってみ」

吐《は》きだす。

坂田は頷《うなず》き、六〇二号室に歩みよった。

廊下に面した窓にくもりガラスがはまっているが、内側は明るい。よかった。眠ってはいなかったようだ、坂田は思った。

ドアの横のインターホンを押した。

少しすると、

「誰？」

女の声が答えた。いくぶん緊張しているようだった。

「あの、僕、ササヤ食品に勤めている者で、坂田勇吉といいます。ひとみさんですか？」

「ササヤ？　何？　こんな時間に。あんた、セールスマン？」

「いえ、ちがいます。決して怪しい者ではありません。実は、どうしても秋津さんと会わなければいけないんです。さもないと、ある女の人の生命が助けられないんです」

「何いうてんの？　酔ってんのか」

「いえ。一滴も飲んでいません。本当に真剣なんです」

坂田はいって上着に手をやった。定期入れをだした。

「僕の社員証と定期券をポストにいれます。それを見て下さい。一刻《いっこく》を争うんです。お願いします」

定期入れをドアに開いた新聞受けにおとしこんだ。

ごと、という音がドアの内側でした。

「知らんよ。へんなことというてると一一〇番するで」

「かまいません。僕は何も悪いことをしていませんから」

「知らんよ」

インターホンは再びいい、沈黙した。坂田は唇をかんだ。

動かなかった。

数分が過ぎた。

坂田はじっと廊下に佇《たたず》んでいた。

ドアの内側に人の気配がした。新聞受けを探る音がした。

坂田は一歩退いた。ドアのレンズから自分の姿がよく見えるように、と思ったのだ。

何も起こらなかった。

坂田はうつむき、再び顔を上げた。

不意にドアロックが外れる、がしゃっという音がして、ドアが大きく開かれた。

白いトレーナーにホワイトジーンを着《つ》けた、顔色の悪い女が立っていた。ボリュームのあるヘアスタイルに比べ、化粧《けしょう》けがなく眉が薄い、土色の肌をした顔が妙にアンバランスだった。女は手に坂田の定期入れをもっていた。険《けん》のある、きつい顔立ちだった。

年は三十前後だろう。

女は迷惑そうな表情を浮かべ、坂田を見やると眉をひそめた。

「何やの、その顔。秋津にやられたんか」

きつい口調《くちょう》は、いかにもやくざの情婦という印象がある。

「いえ。富岡さんです」

「富岡か」

女は頷いた。

「あの――ひとみさんですか」

「そうや」

「どうも申しわけありません。こんな時間に」

坂田はぺこりと頭をさげた。

「もうええわ。具合い悪うて寝とったんを、秋津に起こされてしもたし……」

ひとみはふてくされたようにいった。

「秋津さん、いらしたんですか」

「きたけど、すぐでてった。秋津に何の用？」

「秋津さんが預かっていらっしゃるお金を返していただかなければならないんです」

女は沈黙した。

「ごらんの通り、僕は東京のサラリーマンです。けれど今は、真弓さんという、ミナミでホステスをしている人を助けなければならないんです。その人は監禁されていて、朝までに秋津さんがもっているお金を返さないと、たいへんなことになるんです。どうかお願いします。秋津さんのいるところを教えて下さい」

「真弓……。どこの子？」

坂田は地下鉄の中での会話を思いだした。

「『凱旋門《がいせんもん》』という店です」

「『凱旋門』いうたらよう知っとるけど、真弓なんて子、おったかな」

「お店では別の名前だと思います。確か――」

白タクの運転手は、「マイちゃん」と呼んでいた。

「マイ、という名だと――」

　女が目をみひらいた。

「マイちゃん?! あの、向かいのマンションに住んでるマイちゃん？」

「そうです。本名が真弓で、裕也くんという男の子がいます」

「マイちゃんやったら、よう知っとるけど、なんでそんな――」

「詳しい話をすると、長くなるんですが、今、彼女は堀河組というヤクザの人たちにつかまっているんです」

「センバ会やのうて？」

「ええ。センバ会と堀河組との取引でトラブルがあって、それで秋津さんがもっているお金を、堀河組に渡さなければならないんです」

「なんでマイちゃんがそんなことに……」

「僕を助けてくれようとして――」

　坂田は何とか手短かにまとめようと努力しながら、ひとみに、これまでのことを話した。ただし、「ケチャップハウス」で、秋津が手下にケンを刺させたことはいわなかった。

　女は大きく目をみひらいたまま、坂田の話を聞いていたが、途中であがりがまちにしゃがみこんだ。折った膝の上に両肘《ひじ》をつき、頬をはさんで坂田を見上げている。

坂田が話し終えると、ぼんやりと坂田の膝のあたりを見つめた。

「あかんわな……」

つぶやいた。息を吐く。あきらめたような表情を浮かべている。

「マイちゃんがな……。秋津もいうとった。堀河組の組長は陰険や、いうて」

「秋津さんはどこにいらっしゃいます？　自宅ですか」

ひとみは驚いたように坂田を見あげた。

「あんた、秋津に会いにいって、どうしようというの？」

「頼みます」

「秋津はそんなやわやないよ。下手《へた》すると、あんた半殺しにされるよ」

「かまいません」

女は顔をしかめ、首をふった。今にも泣きそうな表情になった。

「極道はこれだからなあ……」

言葉づかいが不意にかわった。

「あんた、東京？」

「はい」

「どこ？」

「文京区《ぶんきょうく》の白山《はくさん》です」

「後楽園の近くね」

女はふっと微笑《ほほえ》んだ。

「あたし、谷中《やなか》よ」

「谷中って、日暮里《にっぽり》の？」

「そう。十年前にこっちきたの」

「そうだったんですか」

「東京で、やっぱりヤクザ者とつきあってて、手切りたくて、こっちきたの。そうしたら、またヤクザにひっかかっちゃった。馬鹿丸だし」

「…………」

「あ、はい」

女は手にもっていた定期入れをさしだした。坂田は受けとった。

「定期見たら東京だったからさ。こっちの極道は、いくらなんでも山手線《やまのてせん》の定期もってないもんね」

坂田は頷いた。女はしばらく無言で坂田の背後を見ていた。

「秋津ね、今日の夕方、急にきて、これ預かっとけって、金色のアタッシェケースおいてったんだ。それがさっき、血相《けっそう》かえてきて、またもってった。お金って、それじゃない」

「そうです」

女は坂田を仰ぎ、

「警察いきなよ」

切《せつ》なそうにいった。

「いこうと思っています。全部すんだら」

「あんたひとりでマイちゃん助けらんないよ」

「でも、やれるだけやろうって……」

ひとみは頷いた。ほっと息を吐く。

「秋津さん、自宅ですか？」

ひとみは首をふった。

「自宅や事務所には近よらないわよ。たぶん、サウナね」

「サウナ？」

「そう。あいつら、ヤバそうだとサウナに逃げるの。あそこは皆んな裸でしょ。ナイフやピストルもって入ってこれないから」

坂田は目を閉じた。サウナ。確かにこの時間、ホテルでも中途半端だし、サウナというのは、よい場所かもしれない。

「どこのサウナです？」

「待って——。いきつけがあるの。マッサージのうまいのがいるとこって……」

ひとみは額に手をあてた。

「天王寺《てんのうじ》のほうのサウナだった。『レインボー』っていったかな」

「天王寺の、『レインボー』ですね」

「うん」

「ありがとうございます」

坂田は頭を下げた。顔を上げると、ひとみは後悔しているような表情を浮かべていた。

「気をつけてね。あいつ、怒らすと恐いよ」

坂田は頷き、生ツバを喉《のど》に送りこんだ。

「暴力でとり返そうとは、思っていません、から……」

「でもあいつらに言葉は通じない。特にカタギの人からは」

「でも……やってみますよ」

坂田は微笑んだ。ひとみは首をふった。

「とにかく、気をつけて。秋津もそうだけど、いっしょにいる山内《やまうち》ってのが手が早いから」

「はい。じゃ、これで……」

「マイちゃん、助けられるといいね」

坂田は頷いた。失礼します、といい、踵《きびす》を返した。

エレベーターのところまで戻った。サンジの姿が消えていた。表示が一階をさしている。

車で待つことにしたようだ。

坂田はエレベーターのボタンに手をのばした。あがってきた箱に乗り、一階を押し、壁によりかかった。

疲労と空腹が全身によどんでいた。だがあと少しで秋津に辿《たど》りつける。天王寺の「レインボー」というサウナを、サンジなら知っているだろう。

エレベーターが一階で扉を開いた。踏みだそうとして、坂田はガラス扉の向こうで回転する赤い光に気づいた。

パトカーのライトだった。シーマの前にパトカーがぴったりと停まっている。しかも、シーマの屋根に手をつかされ、身体検査を受けているサンジの姿があった。

坂田ははっとした。サンジは二人の制服警官にはさまれている。そのうちのひとりが、サンジの腕をとった。

手錠が光った。

サンジはうしろ手に手錠をはめられた。でていこうとして、坂田はためらった。今でていけば、まちがいなく坂田は、サンジの連れとして、連行されてしまう。ようやく秋津の居場所をつかんだというのに。

警察署に運ばれて、刑事に事情をすべて話し、わかってもらえたとしても、真弓を無事助けだせるという保証はない。

といって、自分ひとりで、秋津からどうやって金をとり戻すのか。

つかのま、坂田は立ちすくんだまま、迷った。どうすればいいのだ。どうすれば。

そのとき、廊下の、郵便受けがあるのとは反対側の壁にあった扉が開いた。ローソンの制服を着けた若い男がダンボールの箱を手に現われた。

若い男は、表の方を気にしながらも、坂田の前をよこぎり、エレベーターホールの横にあった別の扉を押しくぐった。どうやら建物の裏口にあたるようだ。

サンジがパトカーに押しこめられた。警官のひとりがこちらを向く。

坂田はとっさに二階のボタンを押していた。

なぜ警官から逃げだしてしまったのか。

坂田は自分でも、自分のとった行動にとまどっていた。

二階でエレベーターを降りた坂田はネクタイをとり、ワイシャツのボタンを外した。ワイシャツは、血やコーヒーでひどくよごれている。そんな格好で表を歩けば、警官に呼びとめられるのは必至だった。

ワイシャツの下のTシャツの上に直接上着を羽織《はお》った。エレベーターは坂田をおろしたまま二階で止まっていた。警官には上にあがる気はなかったらしい。

それにしてもどうしてサンジはつかまったのだろう。単なる職務質問をうけて拳銃をもっているのがばれたのか。それとも警察が「ケチャップハウス」の前での騒ぎを追いかけてきたのか。

だとすれば、驚くべき早さだった。

エレベーターの横に非常階段があった。坂田はそれを降りた。階段は、一階の郵便受けの横、ローソンの制服を着けた男がくぐった扉のかたわらに通じていた。

坂田は表の方を見ず、すばやくその扉をすりぬけた。

ポリバケツの並んだゴミ置場だった。空のダンボール箱が積みあげられていて、マンションの裏手にある細い路地に面している。

坂田は手に丸めてもっていたワイシャツをダンボール箱のひとつに押しこんだ。路地を歩いていった。

広い通りにぶつかった。タクシーの空車が走っていた。手をあげると、目ざとく一台が寄ってきた。

乗りこみ、坂田は運転手に告げた。

「天王寺へいって下さい」

# 10

「レインボー」という名のサウナを運転手は知らなかった。しかし、

「この時間、営業してるサウナちゅうたら、あそこやないかな……」

走らせ、いきついたのがその「レインボー」だった。

そこは、道路の中央に都電のような路面電車の線路が走っている街だった。両側にはアーケードがつづいている。白く真新しい大きなビルがあって「近鉄」と看板がでていた。デパートかホテルのようだ。アーケードもそのビルもほとんどすべてが閉まっている。

サウナ「レインボー」は、近鉄ビルの向かいに建つビルにあった。

坂田はその前でタクシーを降りた。ビルの中に入ると、「レインボー」以外はすべて営業を終了しているかと思っていたのが、ちがっていた。二階にあるお好み焼屋が「営業中」の看板をだしている。

「あさ六時までやってるよ」と看板には書かれている。こんな人けのなくなった街で、誰が朝の六時にお好み焼を食べにくるのだろう。看板のかたわらに立つ生ビールのの《・》ぼ《・》り《・》を見つめながら坂田は思った。

サウナはそのビルの七階と八階だった。受付は八階にある。エレベーターで坂田は八階まであがった。

エレベーターを降りたその場所が、下足箱の並んだ受付だった。

「いらっしゃいませ」

白いワイシャツを着た男がふたりいて、ひとりが坂田に声をかけた。顔をあげた坂田を見て、ぎょっとしたような表情になった。が、何もいわない。

坂田は靴を脱ぐと、並んでいる鍵つきの下足箱のひとつにおさめた。

ここに秋津がいるのだ。たぶんもうひとりの手下もいっしょだろう。どうすればいいのか、まるでよい方法は思い浮かばなかったが、とにかく何とか五千万円を手に入れなければならない。

「時間フリーですと二千三百円、五十分までやったら千円です」

「五十分でいいです」

坂田はいって千円札をだした。マジックテープのついたリストバンドがさしだされる。内側にロッカーキィがついていた。

「そちらがロッカールームです」

男が手で示した。細長いロッカーが並んだ部屋だ。中央にタオルと水色のトランクスが積まれたカゴがあった。

なぜここにトランクスがあるのだろう。一瞬、坂田はとまどった。坂田が知っている東京のサウナでは、浴室へは全裸でタオルだけをもって入り、トランクスやガウンは浴室の出口にあった。

そのとき、「浴室」と表示された方から、ひとりの男が歩いて現われた。汗を吸って色をかえたトランクスをはき、顔にぐるぐるとタオルを巻きつけている。どうやらサウナ室にそのいでたちでいたようだ。

坂田は渡された鍵の番号のロッカーに歩みよった。男はタオルで顔をおおっているので、秋津かどうかわからない。が、体つきからすると、そうではないようだ。

坂田はロッカーを開け、着ていたスーツとTシャツを脱いだ。カゴに積まれた薄いトランクスをはき、タオルを手にとった。

男は酔っているのか、寝ぼけているのか、ロッカールームを一周すると、またふらふらと浴室の方に歩いていった。坂田は男の真似をして、タオルを顔に巻きつけ、あとを追った。

サウナ室はガラス扉のついた八畳ほどの部屋だった。ふたつあって「低温室」と「高温室」とに分かれている。中にはそれぞれ四〜五人の男たちがいて、ガラスの箱におさめられたテレビを眺めていた。

男たちは皆、水分で色をかえたトランクスをまとっていた。タオルを顔に巻きつけている者も数名いる。

大阪ではサウナへはトランクスをつけてはいるようだ。全裸ではいる東京とはシステムがちがう。浴室で脱ぐ仕組になっているのだろう。

早朝のせいか、サウナ室の内部にいる男たちは、誰もけだるげで眠そうだった。おそらく酒を飲んで帰りの電車を逃し、ここで夜を明そうと、やってきたのだろう。新しくサウナ室にはいってきた坂田に目を向ける者はいない。

坂田の心臓は激しく波打っていた。タオルを顔に巻きつけている男は、この「低温室」に、ふたりいる。ひとりはさっきロッカールームにきた男だ。もうひとりが秋津かその連れだろうか。

坂田は見ていると悟られないよう、その男を盗み見た。ちがうようだ。男はすっかりリラックスしているようで、口を半ば開け、テレビに見いっている。

坂田は「低温室」をゆっくりとでた。「高温室」に向かう。

そこにはタオルを巻きつけた男が三人いた。坂田は隅の方にうずくまるようにしてすわり、三人の顔を確かめることにした。

熱い。汗が吹きでてくる。もともと熱いのがあまり得意ではなく、今までもつきあいでしかサウナへは足を踏みいれたことはなかった。おまけに空腹と体じゅうの痛みで頭がくらくらしてくる。

まるで悪い夢を見ているようだ、と思った。目の前の光景にまるで現実感がない。一度もきたことのない大阪の街で、自分が夜明け前にサウナにいる、という事実が信じられない。

タオルを顔にまきつけていた男のひとりが立ちあがった。連れなのか、同じようにしていたもうひとりもあとを追う。

「高温室」の先が浴室のようだ。

坂田も熱さに耐えきれなくなった。ふらふらと立ちあがり、ぼんやりテレビを見つめている男たちの前をよこぎってサウナの外にでた。

浴室の入口に、トランクスを捨てるカゴがあった。坂田はしかしトランクスを脱がずにその前を通りすぎた。

浴室に入った。タイルばりの大きな部屋だった。入った瞬間、その中の凍《い》てついた空気に気がついた。

そこは中央に浴槽を備え、壁にそってずらりとシャワーとカランが並んでいる。そしてショートパンツにTシャツを着《つ》けた女性たちがなぜか動きまわっていた。

女性たちの大半は、三十代から四十代にかけてで、カランの前にすわった男性客の体を洗っているのだった。

「洗身追加料　千円」という張り紙がある。

こんなところに女性がいる、という驚きより先に、洗い場の中央あたりで体を洗わせている男のうしろ姿に目がいった。その男の存在が、浴室の空気を凍りつかせているのだ。

背中一面に刺青《いれずみ》が施されていた。浴室にいる他の客は、なるべくその男に目を向けまいとしていた。ショートパンツの女のひとりが、胸のあたりをこすっている。

「――おばちゃん、もっと力いれてんか」

男がいうと、しんとした浴室に声が響いた。顎《あご》をあげる。前髪にあるひと房の白髪が目に入った。秋津だ。

坂田は動けなくなった。いた。だが、どうすればいい。

秋津はひとりのようだ。洗い場の両側は空いている。他の客は隅のほうで体を寄せあうようにして洗っていた。

坂田は魅せられたように、刺青のはいった秋津の背中を見つめていた。

そのとき、

「邪魔や、のかんかい」

不意に肩を押され、よろめいた。勢いで顔に巻いていたタオルが落ちそうになり、あわてて押さえた。

ふりむいた坂田は、さっと血がひくのを感じた。パンチパーマをかけた全裸の男が坂田をにらんでいた。秋津のボディガードだった。ひとみの話では、山内といった筈《はず》だ。

山内はだが坂田に気づかなかった。坂田がどくと、肩をゆすりながら浴室の中に入っていった。まっすぐ秋津に近づいていく。その背中にも、まだ色の入っていない、デッサンのような刺青が施されている。

山内は秋津のかたわらまでいって、ひざまずいた。小声で何ごとかを話しかける。

電話、という言葉とサンジの名がわずかに聞こえた。

「――わかった。ええわ。ひと眠りしよか」

秋津が頷《うなず》き、いった。

「へえ」

山内は立ちあがった。ゆっくりと坂田のほうをふりかえる。坂田はあわてて背中を向け、浴室をでていった。

「休憩室」の矢印が出入口のかたわらにある階段の下方をさしていた。

坂田は急いでその階段を降りた。途中に畳《たた》んだガウンを積んだカゴがあった。一枚をとり、汗がひいた体にまとった。

休憩室はじゅうたんをしきつめた部屋だった。カウンターがあり、「カツ丼」「おでん」「ラーメン」といった短冊《たんざく》のメニューが壁に並んでいる。

そして「仮眠室、～九・〇〇　千円、～八・〇〇　九百円、～七・〇〇　八百円」という紙が奥のカーテンで仕切られた部屋の入口に貼《は》りだされていた。

それを見たとたん、坂田は急に時間が気になった。外さないでいた腕時計を見た。

五時十分だった。あのゴルフ練習場が朝までやっているといっても、せいぜい堀河組の組長たちがいるのは六時までだろう。サンジがつかまった今、そこにはもういないかもしれない。

だが坂田にできることは、五千万円を手に入れる以外にはない。このままゴルフ練習場に戻ったとしても、どうにもならないのだ。サンジがつかまったことで、五千万円さえ渡せば、堀河組の組長は真弓と坂田を解放してくれる可能性があった。

警察に駆けこむ方法もないではない。だがケンの、

――兄さん、真弓のこと、頼むで。助けたってくれるか。

という言葉に、坂田は、がんばります、と答えたのだ。坂田がひとりになっても、秋津から五千万をとり返したと知れば、堀河組の組長も考えをかえるかもしれない。

だが、どうやってとり返すのだ。

休憩室には、半分眠っているような男たちが二〜三人いた。横になり、薄い毛布のような布を体にまとっている。眠るのならば仮眠室にいけばいいものを、料金を払うのが惜しいのだろうか。

さすがにこの時間酒を飲んでいる人間はいない。

坂田は、ひと眠りしよか、という秋津の言葉を思いだした。たぶん仮眠室に向かうのではないだろうか。

だったら先まわりしよう、と坂田は決めた。秋津らはアタッシェケースをもち歩いていない。フロントに預けてあるか、それともロッカーの中だ。

ロッカーの中だとすれば、リストバンドの鍵さえ奪えば五千万円を手に入れられ

る。

　坂田は仮眠室のカーテンをくぐった。中は薄暗く、細長いベッドが整然と並んでいる。その数は二十くらいだろう。カーテンのすきまから休憩室の照明が流れこみ、手前で眠っていた男が寝返りをうった。

　目が慣れてくると空いているベッドを捜した。枕と、畳んだ毛布がおかれているベッドだ。

「仮眠ですか」

　声をかけられ、坂田ははっとふりむいた。ワイシャツを着た従業員が怪訝《けげん》そうにカーテンを開け、坂田を見ていた。

「はい」

「ロッカー番号、なんぼです？」

　坂田はリストバンドに目をやった。

「二十八番です」

　従業員は無言でひっこんだ。カーテンが閉まった。

　空いているベッドは全部で七つあった。右の手前の一角と中ほどだ。

　並んで空いているベッドは、右手前の三つだけだ。もし秋津らがここにくれば並んでいる空きベッドを捜すにちがいない。まさか寝ている人間を起こしてまで移動させるとは思えない。先に人が寝ていたベッドでは生暖かくて眠る気になれないだろう。

坂田は決心して、右手前の一角に近づいた。三つの空きベッドの一番手前によこたわった。顔のタオルを外し、毛布を鼻の下までひっぱりあげた。足がでてしまうが、かまってはいられない。本当に眠るわけではないのだ。

坂田はそのまま待った。疲れはてているのはわかっているが、眠けなどまったく襲ってはこない。

腕時計にときおり目をやりながら、ひたすら待った。秋津らがここにきて、眠りに入るまで待たなければならない。

眠らなかったらどうするか。

まったく考えはない。眠ってくれるのを祈るだけだ。

五時四十分。カーテンがめくられ、さっと光がさしこんだ。坂田は寝がえりをうち、顔をそむけた。息を殺す。

「なんや、混んどるな」

声がした。秋津だった。

「しゃあないわ。そこで寝よか」

「わし、こっちのほうで待っとります」

坂田は薄闇の中で目をみひらいた。山内は隣りあわせで寝ることはせず、休憩室で待機している、といったのだ。

「わかった。九時になったら起こせ」

秋津はいった。カーテンが閉じ、再び仮眠室が闇に呑まれた。

坂田の、ひとつおいた隣のベッドに人がよこたわる気配があった。軋《きし》み、そして吐息が聞こえた。

坂田は固唾《かたず》をのんだ。咳《せき》がでそうになるのをこらえる。鼻ではなく、小さく開いた口で呼吸した。必死に聞き耳をたてた。

秋津が唸《うな》り声をあげ、寝がえりをうった。こちらを向いている。坂田は背中が固くこわばってくるのを感じた。

眠れ、眠るんだ。

じりじりと時間のたつのを待った。顎の下にひきあげた左手首の時計をにらみつけた。

六時を過ぎた。外はもう明るくなり始めている頃だ。

無駄ではないか、という不安がこみあげてくる。堀河組の組長たちはとっくにゴルフ練習場から立ち去っていて、真弓はどこか別の場所に連れていかれてしまったのではないだろうか。

そのとき、不意にいびきが聞こえてきた。低い、それほど大きくはない、いびきだった。秋津だ。秋津が寝いったのだ。

坂田は口を開け、吐息をはいた。背中の筋肉ががちがちで、下にしていた左腕が痺《しび》れている。

もう五分、待とう。自分にいい聞かせた。五分間、秋津のいびきを聞きつづけた。

五分はあっというまに過ぎた。

五分がたつと、恐怖がこみあげてきた。秋津の腕からリストバンドを奪うなんてできっこない——そんな恐怖だった。どうしよう、もし失敗すれば、ここで殺されてしまうかもしれないのだ。

さらに五分が過ぎた。

坂田はぎゅっと目をつぶった。できることなら自分もこのまま眠ってしまいたかった。

目が覚め、秋津らがいなくなってしまってさえいたら、自分のこの義務も消滅する。

――うち十七のとき結婚して、この子、産んだんや。

――日曜は、月に一回はな、連れていくんや。そやないと、顔、忘れられてしまうもん。

坂田は、はっと目をみひらいた。真弓の別れた夫、ケンの弟は、今、東京にいる、とサンジはいった。坂田を東京からきたと知って、真弓は助けてくれたのだ。真弓にとって、東京が意味するものは何だったのか。

ゆっくりと毛布をおろした。こそりとも音をたてたくない。

ベッドの端に体重をかけないよう、歯をくいしばって足をのばし、爪先《つまさき》で立った。

それからゆっくりしゃがむ。

しゃがんだ姿勢で息を殺した。

秋津は、今は坂田に背中を向けた格好で眠っていた。下にした右腕を頭上にのばしている。その手首に、青いマジックテープのリストバンドがあった。

坂田はしゃがんだまま、裸足で進んだ。

秋津の枕もとまできた。手をのばせばそこに秋津の右腕がある。

秋津は顎を胸にひきつけるようにして眠っていた。年のわりに不健康そうなたるみが目の下にある。

坂田は両手の指を開いたり閉じたりした。マジックテープはがすとき、ペリペリと音をたてる。その音と、秋津の腕に力を加えることが、目を覚まさせる最大の原因になるだろう。

心臓がすぐ喉《のど》もとまでせりあがってきているような気持だった。鼓動の音が秋津の耳にまで届いているのではないかとすら思える。

くいしばった歯のあいだから、しゅうしゅうと音が洩れ、坂田はあわてて口を大きく開いた。

手をのばした。

ハサミがあれば——心の底から思った。リストバンドと鍵を留めている部分を切りとれるのに。

秋津はマジックテープの部分を無雑作《むぞうさ》に留めていた。端が斜めにめくれている。その端を指先でつまんだ。秋津が少しでも腕を動かすようなら、すぐに離さなければならない。

ペリッという大きな音がした。瞬間、坂田の心臓は止まった。

が、秋津は動かなかった。

ペリッ、ペリッ、ペリッ……。

マジックテープの半ばまでをはがすのに成功した。もう少しでうまくいく。

そのとき、秋津のいびきが止まった。坂田は手をひっこめ、仮眠室の床に伏せた。

秋津がむっくりと頭だけを起こした。左手が右の手首をまさぐった。異常を感じ、確かめているのだ。

右手首のリストバンドを包むようにまさぐると、安心したように再び頭を枕におろした。

坂田は全身を縮こめ、耐えていた。額を汗が流れおちた。クモのように両手両足を床につけ、背中を丸め、うずくまっていた。

やがて秋津のいびきが復活した。

坂田は顔を起こした。秋津は反対に寝がえりをうっていた。左手を下にし、その肘《ひじ》に右手をはさみこんでいる。リストバンドは顔の前にあった。

駄目だった。今の姿勢では目を閉じていても、坂田が手をのばせば気配を鼻先で感じるだろう。姿勢をかえるのを待つ他ない。

坂田は泣きたいような気分で秋津の寝顔を見つめた。幸いに、半分はがしたマジックテープは、ずれた形のまま手首に留まっている。

待った。

数分後、秋津は再び寝がえりをうった。頭のすぐ上に手をおく形で仰向けになった。

坂田は手をのばした。いびきは止んでいたが、規則正しい寝息を秋津はたてている。

ペリッ、ペリッ……。不意に抵抗が失せ、リストバンドは坂田の手の中にあった。

ぎゅっと握りしめた。不意に涙がでそうになった。

が、ぐずぐずはしていられなかった。這《う》うようにして、秋津のベッドを離れ、カーテンに近づいた。カーテンをめくるときが次の難関だ。秋津が目をさますかもしれず、さらに外には山内がいる。こそこそとでていけば、かえって目をひくだろう。

カーテンの手前で坂田は立ちあがった。ガウンのポケットに秋津のリストバンドをしまう。

カーテンを細めに開けると、さっとくぐりぬけた。アクビを隠すように、左手を口もとにあてた。

山内は、休憩室の座敷にいた。アイスコーヒーの入ったグラスを前に、ついているテレビのニュースを見ている。そして気配にふりかえった。

鋭い視線が坂田を射た。坂田はゆっくりと右手を上にあげ、のびをした。今起きた、という演技のつもりだった。

山内は一瞬、目を細め、尚《なお》も坂田を見つめた。背中を冷たいものが伝わる。休憩室の他の客たちはすべて横になっており、すわっているのは山内だけだった。

山内はゆっくりテレビに目を戻した。

坂田は走りたくなる気持をこらえながら、上の階とをつなぐ階段をのぼっていった。

八階にあがった。ロッカールームにまっすぐ向かった。秋津の鍵は三十二番だった。

あとから階段をあがってくる者のいないことを確かめ、三十二番の扉を開いた。あった。金色のジュラルミンのアタッシェケースが、吊るされたスーツの陰に、たてに入れられていた。

それをとりだし、急いで自分のロッカーを開いた。Tシャツを着て、スラックスをはいた。上着でケースを包むようにして抱いた。

入ってきたときに何ももっていなかった坂田を見て従業員が何かいうのではないかと不安だった。とにかく一刻も早く、このビルを逃げだしたい。

受付にいき、足もとにスーツでくるんだアタッシェケースをおいた。秋津のリストバンドは、脱いだトランクスといっしょにカゴの中に投げこんだ。三十二番には再度鍵をかけてある。

自分のリストバンドを受付の男に渡し、下足箱に歩みよった。

「すんません」

男がいった。坂田はどきっとした。ふりかえった。

「八百円、いただきます」

仮眠室の使用料だ。坂田はあわてて財布をだし、払った。

「おおきに」

男はいった。靴をつっかけ、坂田はエレベーターのボタンを押した。のぼってくる間、足踏みしたくなる。

エレベーターに乗りこみ、一階のボタンを押した。扉が閉まったときには、膝が砕けた。

# 11

ビルの下には、客待ちと覚《おぼ》しい、タクシーの空車が並んでいた。夜はもう明けていた。街全体が青みを帯び、後光のような黄色い光をまとったビル群があった。坂田はアタッシェケースを抱いたまま、転げるように乗りこんだ。

「どこ、いきます」

「まっすぐ。とにかくだして下さい！」

声が上ずっていった。

「へえ。けど――」

運転手はドアを閉めず、不思議そうにふりかえった。

「あの、海のそばのゴルフ練習場……」

記憶を探った。サンジはケンに、住之江《すみのえ》といっていた。

「住之江、住之江です」

「ああ、『ゴルフスミノエ』ね。へえ」

自動ドアを閉め、走りだした。坂田はサウナの入ったビルが見えなくなるとようやく、シートに背中を預け、大きく息を吐《は》きだした。上着のポケットから煙草《たばこ》をとりだし、火をつけた。指先が震えている。

が、これですべてが終わったわけではなかった。むしろ本当の恐怖はこれからなのだ。

この五千万円をもとに、ケンがいっていたように堀河組の組長と交渉し、真弓を無事とり戻さなければならない。

「お客さん、今からゴルフの練習でっか」

「え？」

坂田は顔をあげた。運転手がミラーの中から坂田を見つめていた。

「早朝練習いいますんやろ。仕事いく前に打っていかはる、いう人いますわ」

「いや。僕はちょっと人に会いにいくだけで……」

返事をして、坂田は気がついた。このまま直接ゴルフ練習場にいくのは賢いやり方とはいえないのではないだろうか。真弓が一緒であるにせよないにせよ、もしそこに堀河組の組員が待ちうけているならひとりということはないだろう。のこのこそこへ坂田がいけば、あっというまにアタッシェケースをとりあげられ、再び何をされるかわからない。

組長と直接話をつける。それしかない。

どうやればいいのだろう。自分にはケンのような度胸はない。面と向かってやくざの親分にこちらの要求をつきつけられる自信などなかった。

電話だ。まず電話をかけるのだ。そして組長を呼びだして話をする。電話でなら、とりあえず何とかなるかもしれない。

「あの――」

すいている早朝の道をかなりのスピードでつっ走っている運転手に、坂田は声をかけた。

「はい」

「ちょっと電話をかけたいんで、公衆電話があったら止めてくれませんか」

「へえ。けど、住之江、もうすぐそこでっせ」

「いいんです。お願いします」

「さよかあ」

運転手はいって、少しスピードを落とした。数百メートル走ったところで、道ばたに立つ電話ボックスを見つけた。歩道に寄り、停止する。

坂田はアタッシェケースを車内に残し、電話ボックスに入った。テレホンカードを定期入れからだしてさしこむと、「一〇四」を押す。

しばらく呼びだし音が鳴ったあと、NTTの男の係員がでた。「ゴルフスミノエ」の電話番号を、と坂田はいった。やがてテープの案内放送が流れた。その番号を覚え、坂田は受話器をおろした。信号音とともに吐きだされたカードを抜きとり、再度さしこむ。

ボタンを押そうとしてためらった。

誰を呼びだしてもらえばいいのか。まさか、堀河組の組長を、と練習場の受付にいうわけにはいかない。といって組長の名を坂田は知らない。

坂田はケンとサンジのやりとりを思いだした。

――真弓、今どこや。

――わかりまへん。たぶん、水野の兄貴や、唐山さんといっしょやと思います。

唐山というのは、サンジが乗っていたシーマの持ち主だろう。そう多い姓ではないし、呼びだしてもらうのにはちょうどいい。

「ゴルフスミノエ」の番号を押した。

「『ゴルフスミノエ』でございます」

若い女の声がでた。

「あの、お客さんの呼びだしをお願いしたいんですが」

「練習場のお客様でしょうか」

「たぶんそうだと思います」

「はい。何とおっしゃいます？」

「唐山さん。男の人です」

「唐山さまですね。お呼びだしをいたしますので、お待ち下さい」

電話にオルゴールが流れた。坂田は目をそらし、外を見やった。秋津はもうアタッシェケースを奪われたことに気づいただろうか。気づいているとすれば、怒り狂って坂田を捜しているにちがいない。

不意にオルゴールが途切れた。

「はい。もしもし」

ぞんざいな男の声が耳に流れこんだ。

「唐山さんですか」

「唐山はちょっと今でかけてますけど、どちらさんですか」

「堀河組の方ですね」

「そうやけど」

「僕、坂田です」

「お前――」

男は絶句した。

「サンジさんが警察につかまったのはご存知ですよね」

坂田は早口でいった。

「お前がさしたんか、こら！」

「ちがいます！　サンジさんは秋津の子分を撃とうとしてそれでつかまったんです」

「ほんまか。何でそんなことになったんや、今、どこにおるんじゃ」

「それより組長さんと話させて下さい」

「なんでじゃい」

「五千万円。ここにあります」

男の声の調子がかわった。びっくりしたようにいった。

「お前がもっとるんか?!」

「ええ。秋津からとり返してきました」

「それやったら早《は》よもってこんかい！」

「約束があります。真弓さんと交換するっていう」

「なんやとお」

「もし組長さんと話させてもらえないのなら、これをもって警察にいきます」

「このガキ」

声から坂田は、今自分が話しているのが誰か見当がついた。水野だ。あのスーツを着ていた男だ。

「本気ですよ」

坂田は声を強め、いった。水野は沈黙した。思案しているようだ。

やがていった。

「叔父貴《おじき》はもうここにはおらん。どないしたいんじゃ」

「真弓さんはそこにいるんですか」

「あの姐《ねえ》ちゃんもここやない」

「じゃあ真弓さんを連れてきて下さい。真弓さんと交換です。それと組長さんと話すこと」

水野は舌打ちした。坂田はいった。

「僕はもうそちらのすぐそばです。向かいには警察署がありましたよね」

「おどす気か、こら」

「組長さんと話したいんです！」

「わかったわ！　五分したらもう一回電話してこい！　ええな」

水野はいって電話を切った。坂田は息を吐き、電話ボックスの壁によりかかった。とりあえず、こちらの要求を相手に伝えることができた。

あとひとつあった。坂田は目をみひらいた。

坂田のアタッシェケースだ。新製品の入っている坂田自身のアタッシェケースもとり返さなければならない。

腕時計を見た。六時四十分になろうとしている。

電話ボックスの中は暑かった。湿度が高いような気がする。ドアを開け、外の空気をいれた。

時間がたつのを待った。タクシーの運転手はあせるようすもなく待っている。煙草の煙が止まっているタクシーの屋根の向こうから立ち昇っていた。

五分がたった。坂田は電話をかけた。再び唐山を、というと、すぐに水野がでた。

「今どこからかけとんのや」

「公衆電話です」

「ええか、今からいう番号に電話せい——」

いって水野は長い番号を口にし始めた。自動車電話か携帯電話の番号だった。坂田はそれを復唱した。すぐに頭に入った。

「叔父貴がでる筈《はず》や」

いって水野は切った。坂田は唾を飲み、胃のあたりにぐっと力をこめた。ここからが正念場だ。相手は海千山千のやくざの親分なのだ。怒らせたらもちろん駄目だし、かといっていいようにあしらわれたら真弓もとり返せない。

番号を押した。

つながるまでにふつうの電話とはちがう、間《ま》があった。

そして呼びだし音が鳴った。

「はい」

二度ほど鳴ったところで、年配の男の声が答えた。

「堀河組の組長さんですか」

「そうや」

「僕、坂田です」

「兄《にい》さんか」

男はいった。

「わしと話したい、いうたんやて」

「そうです」

「荷物はあったんか」

「ありました。ここにもってます」

「そりゃご苦労やったな。早よ渡してんか」

組長は何の感情もこもっていない声でいった。

「僕のほうの荷物と交換させて下さい」

「あんたの？　ああ、銀色のあれか」

「それと真弓さんです」

「姐さんね。ええよ。もってったらええ」

「何もしないと約束してくれますか」

「妙なことというたらいかんよ、兄さん。わしは、荷物を交換でけたらそれでええんや」

「本当ですね」

「ああ。ほんまや」

坂田は目を閉じ、ほっとため息をついた。

「今、うちの若い者にかわるから、手はず聞き。ええな」

「はい」

若い男の声にかわった。唐山だった。

「お前な、車か」

「タクシーです」

「そうか。それやったらな、運転手に、『フェリーターミナル』いけ、いうたれ」

「『フェリーターミナル』ですか」

「そうや。『ゴルフスミノエ』のな、前の道まっすぐいくんや。そしたら高速の下の道につきあたるわ。そこを右いって少しいった左側や。『フェリーターミナル』てニュートラムの駅があるわ。その奥にな『南港《なんこう》センタービル』ちゅうのがあって、先に駐車場がある。そこにおれ」

「ニュートラムって何です？」

初めて聞く言葉に坂田はとまどった。

「いきゃわかるわ」

いって唐山は電話を切った。坂田は受話器をおろした。

タクシーに戻った。運転手は待ちくたびれたように居眠りをしていた。

「すいません」

坂田が窓ガラスを叩くと、あわてて自動ドアを開いた。坂田はシートにすべりこんだ。

「『フェリーターミナル』ってわかりますか?」

「この先ですやろ、南港の。へえ」

「そこいって下さい」

「『ゴルフスミノエ』はええんですか」

「はい」

「わかりました」

運転手はドアを閉じ、走りだした。やがて「ゴルフスミノエ」の前を通り過ぎた。向かいには「大阪府警住之江警察署」と書かれた建物が「けいさつ」の看板とともにあった。それを坂田は複雑な気持で見送った。

果たして自分のやっていることがこれでよかったのか、不安になってきた。まっすぐ警察にいくべきではなかったのか。

しかし堀河組の組長は、電話で何もしないといった。今ここで警察を巻きこめば、どう話がこじれるかわからない。

タクシーは橋を渡っていた。東京の木場《きば》のような、貯木場となっている大きな四角い池の上を走っているのだった。「フェリーターミナル」という名前といい、このあたりは臨海地区の埋めたて地らしかった。東京でいえば、有明《ありあけ》とか夢の島にあたるのだろう。

池はふたつあって、どちらにも太い原木のような丸太がぎっしりと浮かんでいた。早朝のどんよりとした雲の下で、わずかに見える水面が鈍く光っている。

タクシーはやがて唐山の言葉通り、高速道路の高架《こうか》につきあたり、沿うように右に折れた。少し走ったとき、坂田は高速道路の下を向こうからやってくる短い電車に気がついた。モノレールだった。タクシーの頭上を走りすぎたモノレールは、高速の高架から分かれるように左へ、坂田を乗せたタクシーが今走ってきた道に向かっていった。道路の中央をずっと走っていた低い高架があったことを坂田は思いだした。モノレールの軌道だったのだ。ニュートラムとは、このモノレールのことをさしていたようだ。

そして交差点に面し、左右に踏んばった足のようにに通路をのばしたモノレールの駅が見えてきた。フェリーターミナル駅だった。ちょうど道路の上空に駅があるため、歩道橋のような連絡通路で地上とつながっている。

「駅でええんですか」

「いえ。南港センタービルってありますか」

「それですけど」

「その奥の駐車場のところで——」

降ります、といいかけ坂田はためらった。真弓をとり返したらすぐその場を逃げだした方がいいに決まっている。

「あの、待っててもらえますか」

「待つんでっか……」

運転手はとまどったような声をだした。

「お金は払います」

「いや、そうやないんですわ。車庫に帰らないかん時間ですねん。車洗うて、八時には相方《あいかた》に渡さないかんよってに……」

「八時……」

「車庫、東淀川《ひがしよどがわ》の方で今からやとけっこうかかりますんや。車洗う時間、考えたら、ここで勘弁してもらえませんやろか」

「そうですか……」

「えろうすんまへんな」

「いいんです」

駐車場の入口で坂田は車を降りた。

大阪フェリーターミナルと書かれた横長の建物が右手に建っていた。駐車場には無人の車が数台止まっているだけで人けがない。

だがニュートラムのフェリーターミナル駅には、乗客と覚しい人々がぱらぱらと、通路を登って吸いこまれていく。

坂田は駐車場の中に入らず、入口のあたりに立っていた。アタッシェケースを両足のあいだにおいている。

待った。

十五分が過ぎた。道路は、大型のコンテナトラックが多くいきかっている。このあたりにはフェリーターミナルに限らず、貨物船などが接岸する埠頭《ふとう》もあるのだろう。大型のコンテナは地ひびきをたて、ほこりっぽい風を巻きおこしながら走っていく。

一台の銀色のセルシオが現われた。あたりをうかがうように、ゆっくりと近づいてくる。セルシオは坂田から少し離れた位置で停止した。

坂田はセルシオを見やった。運転席にひとりだけ男が乗っていた。坂田はそちらを見つめた。革ジャンの男だった。高見という東京からきたやくざだ。

——てめえ、帰ってきたら、話があっからな。

坂田は思いだした。高見はしかし坂田が見つめているのに気づいても車を動かそうとせず、じっと坂田をにらんでいる。

高見はきっとようすを見にきたのだ——坂田は思った。坂田が警察に駆けこみ、刑事をいっしょに連れてきていないか、確かめにきたにちがいない。たぶん唐山や水野とちがって、大阪の刑事には顔を知られていないので、斥候《せっこう》として使われたのだろう。

その高見が不意にセルシオを動かした。スピードをだして坂田の前にやってくると急停止した。助手席側のサイドウィンドウをおろし、いった。

「乗れ」

「真弓さんはどこです？」

「いいから乗れってんだよ」

高見はいらだったようにいった。自分の役まわりが気にいらないらしい。

「彼女を連れてこなけりゃ乗れない」

「女のいるところに連れてってやるっていってんだよ、この野郎。ぐだぐだいわねえで乗らねえか！」

坂田は高見を見すえた。

「いいですか、僕は堀河組の親分と約束をしました――」

「うるせえ！　さっさと乗れ、この野郎」

坂田は息を深く吸いこんだ。なぜかこの高見というやくざに、恐怖以上に強い怒りを感じた。ひょっとしたら、自分と同じ関東の人間なのに、大阪のやくざといっしょになって苦しめる側に立っているからなのかもしれない。

坂田は上着のポケットに右手をさしこんだ。煙草でも吸ってじらしてやろうと思ったのだ。もう夜は明けているし、すぐ近くではないが、ニュートラムの乗降客の姿もあたりにはある。高見もすぐには車を降りて殴りかかるような真似はしないだろう。

「何だよ」

坂田が動かず、右手をポケットにさしこんだので、高見は鼻白《はなじろ》んだ。

坂田は煙草をつかんだ手をひきだそうとした。ポケットの中の細長い包みにひっかかった。ポケット全体がもちあがった。将棋会館で買った扇子《せんす》だった。

が、それを見た瞬間、高見の表情が一変した。

「て、てめえ……」

いいかけ絶句した。目を大きくみひらいている。

坂田は高見が何をいいたいのかわからなかった。煙草をようやくとりだし、火をつけた。高見は無言で坂田を凝視している。

「ほ、本気なんだな」

ようやくいった。

「本気です。真弓さんを連れてこなければ、僕はここを一歩も動かない」

高見の目が怒りに燃えた。が、こらえるように吐きだした。

「トウシロがそんなものふり回しやがって……。ぶち殺されるぞ」

聞き飽きた、と思った。本当に殺されることへの恐怖は薄れてはいない。しかし殺してやる、といわれるのはさすがに飽きていた。

このひと晩で出会った男すべてに殺してやるといわれたような気がする。ただひとり、ケンをのぞいて。

「やりたきゃどうぞ。でも僕だって、もう覚悟は決めてますよ」

「てめえ、サンジからもってきやがったな」

高見はいった。妙だった。煙草を吸いだしたとたんに、高見の態度がかわった。

坂田は高見を見つめた。高見の目はじっと坂田の上着のポケットに注がれている。

坂田は自分の上着を見やった。ポケットの蓋《ふた》がめくれ、扇子の箱が上から見るとのぞいている。ポケット内部が箱にひっかかり、裾《すそ》がもちあがっていた。

坂田ははっとした。高見は勘ちがいをしているのだ。坂田がサンジの持っていた拳銃をポケットに入れていると思いこんでいる。

だから車を降りてこないのだ。

「真弓さんを連れてきて下さい」

高見は答えなかった。くやしそうに坂田をにらんでいる。

「連れてきて下さい」

坂田は再度いった。右手をポケットにやった。

「わかったよ！」

高見は叫んだ。アクセルを踏みこんだ。セルシオはタイヤを鳴らしながら急発進した。

坂田はセルシオが見えなくなるまでポケットに指先をさしこんでいた。

不意に笑いがこみあげてきた。高見のあわてぶりがひどくおかしかったのだ。

笑いはにやにやしたものから、だんだんとおさえきれなくなった。ヒステリーかもしれないと思いながらも、どうしてもおさえきれず、坂田はひとりで大声で笑い始めた。

初めて——初めて、やくざを追い払ったのだ。こちらのいう通り、相手を従わせて。

それも、同じ関東人のやくざを。この大阪で。

人が見ているのがわかる。でも笑いは止まらなかった。

たっぷり五分間、坂田は笑いつづけた。

それからさらに十分ほどして、今度はメタリックブラウンのワンボックスカーがやってきた。窓にはべったりと黒いシールがはられている。

ワンボックスカーはまっすぐに坂田の前までくると停止した。横腹にはまったスライドドアが中から音高く開かれた。

水野がいた。そして真弓が奥の席にすわっていた。かたわらに唐山がいる。

水野はじっと坂田を見つめて、いった。

「乗れや」

「嫌《いや》です」

「どこも連れてかへんわ。金、数えるんや」

坂田のアタッシェケースをにらんでいた。

「――わかりました」

坂田はいって、アタッシェケースをもちあげた。水野が手をのばす。

「待った」

坂田はいった。水野がきっとなった。

「彼女を先に降ろして下さい。僕が中に入ります」

水野は何かをいおうとするように唇を歪めた。が、唐山をふりかえり、首をぐいと傾けた。

真弓を窓よりの座席におしこめるようにしてすわっていた唐山が立ちあがった。真弓の腕をつかんで立ちあがらせた。

坂田は真弓を見た。真弓は青ざめてはいたが、特に怪我をしているようすはない。目をみひらき、坂田をじっと見つめている。

「降ろせ」

水野は唐山にいった。

「ええんでっか」

「ええから降ろせ！」

水野は怒鳴《どな》った。唐山はびくっとして真弓を押しやった。

「おう」

真弓は無言でスライドドアに歩みよった。ステップを踏んで、道路に降りたった。

「ここを離れて」

坂田はいった。

「あんた……」

「いいからいって――」

「早よ乗らんか」

水野がじれたようにいった。坂田は無言でスライドドアをくぐった。唐山がスライドドアを閉じた。がしゃっと音をたててスライドドアのかけ金がしまった。

濃い紫色の窓の向こうで真弓が不安げに見つめている。

中腰になっている坂田に水野が手をのばした。

「よこせ」

坂田はアタッシェケースをさしだした。水野は坂田の目をにらみながら受けとり、こげ茶色をしたシートの上に、ばん、とおいた。

「番号、何ぼや」

アタッシェケースをにらんだまま、いった。唐山がスラックスのポケットから紙片をとりだした。錠前《じょうまえ》の合わせ番号をいう。

坂田はドアのところに立ったまま、外をふりかえった。真弓はまだそこに立っていた。

手をふった。早くこの場を離れろ、そういったつもりだった。が、この濃い窓ガラスでは、外から中のようすが見えないようだ。

真弓は金縛りにあったように、動かなかった。

カシャッという音にふりかえった。アタッシェケースの蓋が開いたところだった。帯封《おびふう》をされた百万円の札束がぎっしりと詰まっていた。水野はしかし感激したようすもなく、手にとりあげながら数をかぞえていった。かぞえ終わると、坂田をじろっと見た。

「二百、足らんぞ」

「秋津が富岡にやったんです。富岡からとり返したぶんはサンジさんがもっていました」

「サンジが富岡からとったんか」

坂田は黙った。ケンのことを話していいものかどうか迷ったのだ。

それを見ていた水野が突然、吐きだした。

「車、ださんかい」

車が動きだした。はっとしたように真弓が追いかけてくる。が、見る見る、その姿が遠ざかった。

坂田は唇を嚙《か》みしめた。いよいよだ。いよいよ覚悟を決めるときがきた。

「サンジのアホが富岡どついた、いうんか。そんなわけないやろ」

水野は低い声でいった。

「サンジさんは助っ人を頼んだんです」

「助っ人ぉ？」

「ええ。鶴橋《つるはし》のケンさんという人です」

水野は舌打ちした。かたわらにいた唐山を見やった。

車が揺れ、坂田はかたわらのシートの背をつかみ、体を支えた。

「あのドアホが……」

水野は吐きだした。坂田はいった。

「ケンさんが富岡から二百万をとりあげ、秋津の居どころを訊《き》きました」

「玉屋町《たまやまち》の店のことか」

「そうです。秋津と手下がいて、秋津は手下の男にケンさんを刺させたんです」

「死んだんか」

「いえ。きっと大丈夫だと思います」

坂田は言葉に力をこめた。また車が揺れた。そしてスピードが落ちた。

止まった。岸壁のような場所だった。左右に木枠のような材木が高く積みあげられていて、前方は海しか見えない。坂田は胃のあたりがぎゅっとくびれてしまったような気がした。

「そいでどないしたんや」

「サンジさんが車からピストルをもちだしました。秋津の手下を撃とうとして――」

「やったんか」

「止《と》めました」

「余分なことしくさって。それで――？」

「秋津が逃げたので、秋津のつきあっている女の人から居場所を訊いたんです。そのとき、その女の人のマンションの前にパトカーがきてサンジさんがつかまりました」

水野はじっと坂田を見つめていた。

「なんでお前、そんときいっしょにいかんかったんや、お巡《まわ》りと」

「真弓さんが心配だったからです」

水野は真剣な表情だった。

「それだけか」

「そうです。もし警察にいったら、彼女が何かされるかもしれないと思った」

「アホか、お前」

唐山がいった。水野は黙っていた。やがて口を開いた。

「その顔は誰にやられたんじゃや。秋津か」

「富岡です」

「秋津はどないした」

「天王寺のサウナにいました。ロッカーにそのアタッシェケースを預けていたんです」

水野は手もとのアタッシェケースに一度目をやり、再び坂田を見た。

「秋津、ハジいたんか」

「ハジく?」

「サンジのチャカや」

チャカというのが拳銃だというのはわかった。高見から、坂田がもっていると聞かされたのだろう。

「いえ。眠っているあいだに鍵をとって……」

水野は目を閉じ、開いた。息を吐く。

「お前……あの女と――ええわ」

自分でいいかけた言葉を打ち消した。その顔には奇妙な表情が浮かんでいた。驚いているような、呆《あき》れている、ともとれる表情だった。

水野はアタッシェケースを床におき、シートに腰をおろした。坂田を見あげながら煙草をくわえた。唐山が火をさしだそうとすると、

「ええわ」

断わった。大きく煙を吹きあげ、煙ごしになおも坂田を見つめた。

「東京のサラリーマンは、ええ度胸《どきよう》しとるの」

その言葉を吐きだした。水野は唇を舐めた。

「唐山」

「へえ」

「叔父貴は何ちゅうとった？」

「あんじょうやれ、と」

「そうか」

水野はつぶやいた。右手を不意にさしだした。掌《てのひら》を上に向けている。

坂田はそれを見つめた。

「サンジのチャカや。返してもらおか」

坂田はふりかえった。唐山が緊張した表情でにじりよってきていた。

「そのポケットに入っとんのやろ」

坂田はゆっくりと右手をさしいれた。扇子の箱を握りしめた。

どうしよう。だが、これを拳銃と見せかけても、ここを逃げだすのは難しそうだった。

「渡したら僕をどうするんです」

水野は目を閉じた。

「ええから渡さんかい」

投げやりな口調《くちょう》だった。その口調にはどこかぞっとするようなひびきがあった。

そうか。坂田は思った。自分が拳銃を渡したら、それで撃ち殺すつもりなのだ。

拳銃をもっていないと知れば、刺すか絞め殺すのだろう。膝が震えだした。

「早よせえ、早よお」

唐山がいった。その声はわずかだが上ずっている。まちがいなくそのつもりなのだ。

坂田は扇子の箱をひきだした。水野の手にのせた。水野が目を開いた。瞬《まばた》きし、掌の上を見つめた。

「何や、これ」

「坂田三吉の扇子です。将棋会館で買ったんです」

水野はゆっくりと顔をあげた。

「何をいうとんのや、お前……」

唐山が囁《ささや》くようにいった。

「それです。ポケットの中にあったのは」

坂田はいった。水野も唐山も、呆然としたような表情になった。やがて、ふっと水野が鼻で笑った。間をおかず、またふっ、と笑う。そのふっ、ふっが連続したものになり、ついにはさっきの坂田のように大笑いにかわった。腰を折り、水野は笑いつづけた。

「……何ちゅうこっちゃ」

唐山が情なさそうにつぶやき、そして笑いをこらえきれず、水野に加わった。

「……あのドアホが……」

水野は笑いながら、罵《のの》った。高見のことにちがいない。

笑いやみ、肩で息をしながら涙のたまった目で坂田を見た。

「チャカはサンジか」

坂田は頷《うなず》いた。水野は舌打ちした。

「あのアホが……」

そして怒鳴った。

「車だせ！」

「どこいきますん？」

坂田の見知らぬ、若いやくざが運転席からふりかえった。

「さっきんとこや」

「兄貴——」

唐山が驚いたようにいった。

「しょうがないやろ。チャカあれへんのやから」

「けど——」

「黙っとけ」

車はバックし始めた。ターンし、元きた方向に走りだす。水野は坂田をじっと見上げた。

「警察いけへん、いえ」

「僕を自由にしてくれるんですか」

「サンジのもっとったチャカでな、兄さんいてまうことになっとった。そいで重しつけて南港沈めよ、いうてな。ブロックも積んできとったんや」

「…………」

「けど、チャカがなかったらしょうもないわ。他に道具、ないわけやないけど、なんや、やる気のうなった」

坂田は黙っていた。何かをいえば、水野の気がかわってしまいそうで、恐くていえなかった。

「金は戻ったし。兄さんがあんじょう黙っとってくれたら、忘れよか」

「真弓さんのこともほっといてくれるんですか」

「お前、惚れとんのか」

「会ったばっかりです。彼女は僕を助けてくれた……」

「お前も助けたやないか」

「真弓さんは大阪の人です。これからも大阪に――」

「やかましい。人のことより自分のこと心配せんかい」

「――忘れます」

「ほうか」

車が止まった。水野はがっくりとシートに背を預けた。扇子を坂田にほうった。

「兄貴、ほんまにええんでっか」

唐山が不安げにいった。

「考えてみ。サンジ、チャカもってパクられとるんやど。今日じゅうにもガサ入れや。お前、この兄さん殺《と》って、ツトメはたしにいくか」

唐山は黙った。

「サンジがうたっとってみ。兄さんのこと調べられるわ」

「へえ」

「せやから、兄さんここで放すんが一番や。殺ってしもたら、もっとややこしなる」

唐山は沈黙した。水野は横目で坂田を見た。

「降り」

信じられなかった。自分は自由になったのだ。一瞬、礼をいいたくなった。だがもともと、この男たちに礼をいう理由などない。

坂田は黙って水野に背を向けた。スライドドアのノブをつかみ、ぐっと引く。重々しい音をたててドアは開いた。ステップに足をかけた。

「おい」

声が背中にかけられた。ゆっくりふりむくと、水野が助手席からひきずりだしたものを投げた。

「忘れもんや」

それは坂田のアタッシェケースだった。

# 12

スライドドアを閉めたのは唐山だった。まるで釣《つ》り落とした魚をあきらめきれないといった表情で最後まで坂田を見つめながら閉めた。ドアが閉まるとステップバンはあっというまに走り去った。

坂田はアタッシェケースを胸に抱いたまま、あたりを見回した。そこはニュートラムのフェリーターミナル駅への通路のそばだった。屋根のついた急な階段が歩道にあって、車道上空の駅とつながっている。

真弓と別れた駐車場が見えた。だがそこに真弓の姿はなかった。

いってしまった。

これでいいのだ。もう二度と真弓とは会わない。

坂田は腕時計を見た。七時半を過ぎている。ニュートラムの駅には、さっきよりも多くの人々が吸いこまれていた。立ちつくしている坂田のかたわらをいきすぎていく。

じきにラッシュの時間帯だ。坂田は気がついた。ホテルにいき、シャワーを浴《あ》び着がえて、支社で開かれる会議にでなければならない。

終わったのだ。自分にいい聞かせた。これからは、ササヤ食品の宣伝課員としての仕事が待っている。

坂田はつき動かされたように歩きだした。周囲の人といっしょになって階段を登った。これだけ大勢の人が乗りこんでいくということは、モノレールは大阪の都心部につながっているにちがいない。

階段をあがると渡り廊下のような通路が駅につづいていた。道路をはさんだ反対側の階段からも渡り廊下があって、双方からやってくる人々が、渡り廊下の中央部にある駅へと折れ曲がっていく。

坂田は人波とともに動いていった。切符の自動販売機が左手に見えた。正面には自動改札機のゲートがあり、その先に登りのエスカレーターがあって人々が上方に吸いこまれていく。ほとんどの人が定期をもっているので、切符の販売機はすいていた。そのひとつに坂田は歩みよった。

人波をかきわけ、ぱっと目の前にとびだしてきた人物がいた。真弓だった。目があった。坂田は立ちすくんだ。

「あんた……」

真弓がつぶやいた。目を大きくみひらいていた。今にもこぼれそうな涙がたまっている。

「うち、そこの窓からずっと見とった……」

ゲートの右手前にフェリーターミナルの方向を見おろす窓があった。

坂田は真弓を見つめ返した。それから自分のいでたちに目をやった。染《し》みだらけの、ところどころが破れたスーツ。Tシャツ。そしてしっかり右手に握ったアタッシエケース。

人波がぞろぞろとふたりを迂回《うかい》するように進んでいく。

再び真弓を見た。頬に流れ落ちた涙の跡があった。まだ坂田を見つめている。泣き笑いの顔になっていた。坂田はようやく口を開いた。

「帰り道が……わかんないんだ……。教えて、くれるかな」

真弓は小さく首をふった。涙がまたこぼれた。

「——どこいきたいの」

「ホテル」

いってから坂田は笑いだした。

「泊まれないけど、もう。シャワー浴びて、着がえなきゃ」

つられたように真弓も笑った。

「連れてったげるよ。おいで」

手をさしだした。坂田はその手をとった。


ニュートラムはそれほど長い距離を走ってはいなかった。上りは住之江公園駅《すみのえこうえん》というところが終点になっている。ふたりが乗りこんだフェリーターミナル駅からは、わずか四つめだった。

住之江公園駅からは、地下鉄四つ橋《よつばし》線に乗りかえた。都心部に近づくにつれ、列車はどんどん混んできた。ふたりは向かいあって立った。途中、坂田と真弓はほとんど口をきかなかった。しかし、お互いに、少しでも目を離せば相手がどこかに消えてしまうとでもいうように見つめあっていた。

大国町《だいこくちょう》の駅を過ぎたとき、真弓がいった。

「ほんまはここで御堂筋《みどうすじ》線に乗りかえて、梅田《うめだ》までいった方が早いんやけど……」

「このままだとどこにいくの？」

「西梅田《にしうめだ》や。歩いてもそんな遠くないさかい」

「いいよ、それで」

ふたりは周囲の客に押されるようにして、ぴったりと向かいあい、体をよせあっていた。真弓の体のぬくもりが自分の体に伝わってくるのを坂田は感じた。そして自分の体温も真弓に伝わっているだろうと思った。

どれほど押しつけられても、ふたりは押しかえさなかった。一度だけ、坂田が訊《き》いた。

「苦しくない?」

真弓はにっこり笑って、首をふった。そしていたずらっぽい顔になっていった。

「もう、カバン、離したらいかんよ」

西梅田の駅で、どっと吐《は》きだされるスーツ姿の人々に混じり、ふたりは地下鉄を降りた。

「こっちや」

真弓は坂田の左手を握ったまま、人波の中を進んでいった。ステンドグラスのはまった、デパートと一体化したような大きなビルの中を抜けた。

「阪急《はんきゅう》梅田駅や」

そして「阪急東《ひがしどおり》通商店街」と書かれたアーケードの下に入った。パチンコ屋、ゲームセンター、喫茶店などが並んでいる。ふたりは手をつないだまま、まだ多くの店が開いていない商店街を歩いていった。

途中、真弓が坂田の手をひっぱった。右に折れた。広い道につきあたった。

「あんたのいうたホテル、この道の先や。関テレのそばやろ」

「関テレって？」

「関西テレビ」

そういわれると、道の向こうに並ぶビルの奥に電波塔が建っているのが見えた。

「あれ」

坂田はつぶやいた。

「どないしたん」

心配そうに真弓がふりかえった。

「考えたら、そこのホテルでなくてもよかったんだ。予約はしたけど、別に荷物がおいてあるわけじゃないし――」

「アホやな」

真弓はふきだした。

「それやったら、うちでもよかったんやないの！　荷物、それだけなんやろ」

「ああ」

坂田が頷くと、真弓はまぶしそうな目になってアタッシェケースを見つめた。

「戻ってきたんやね」

「戻ってきたよ。返してくれた」

真弓はほっと息を吐いた。

「ほんまによう……」

あとは言葉にならなかった。顔がくしゃくしゃになり、また泣きそうな表情になった。

坂田は目をそらし、前を走る広い道を見やった。道巾《みちはば》はあるが、一方通行路ではない。梅田に近いせいだろう。交通量は激しかった。

「ねえ」

真弓がいった。

「お腹、すかへん？」

「すいた」

坂田は笑った。きのうの夕方、藤井寺《ふじいでら》球場でわずかばかりの食物を口にした以外、何も胃にいれてなかった。

「おっちゃん！」

真弓が坂田の背後を見やり、いった。坂田はふりかえった。白い上《うわ》っぱりをつけた老人が屋台《やたい》をひいていた。店終《みせじま》いなのだろう。屋台の上はきれいに片づいている。

「今、終《しま》い？　遅いやんか」

真弓が訊《たず》ねた。まるで知りあいのような口調《くちよう》だった。上っぱりを着た老人は、ひいていた屋台を止め、首にまわした手ぬぐいをとった。

「お客さんが喧嘩《けんか》しよってな、ひとりが刺されてしもうてわやや。さっきまで曾根崎《そねざき》署で事情聴取や。終わったらこの時間やろ。商売にならんかったわ」

「そりゃ災難やったな」

真弓は坂田を見やり、くすっと笑った。

「まだ食べれる？」

「ええっ」

驚いたように老人は目をみひらいた。

「火、落としてしもうたけど……」

「ええやん、あっためれば」

「はあ――」

老人は迷ったようにため息をついた。真弓がいった。

「この兄《にい》さんな、東京の人やねん。今日、帰ってしまうんやけど、いっぺん大阪のうどん食べさせたろ、思て」

うどんだったのか、坂田は知った。てっきりラーメンだと思っていた。うどんの屋台というのは、東京ではまず見かけない。

「さよかあ」

老人は気ののらない返事をした。

「おっちゃん頼むわ、食べさせたってえな」

「へえ」

老人はあきらめたようにいって、ひき棒から体を抜いた。

「こんな時間やっとったら、お巡《まわ》りさんに何ぞいわれるかもしれん」

「ええやん。悪いことしてるわけやないんやから」

屋台というのはせいぜい、午前四時か五時までだろう。確かに通勤の車や人が道をいきかうこの時間では珍しい。

「うち、おっちゃんのうどん、食べたことあるんやで」

老人が屋台の扉を開け、支度をし始めると、真弓はいった。

「おっちゃん、いつもそこの兎我野町《とがのちょう》のホテルのわきやろ」

「へえ。よう知ってまんな」

「うちな、前、新地《しんち》の店におってん。すぐやめてしもたけど。そんとき、このへんにもときどき遊びにきよってん」

「さよか。そらどうもおおきに」

坂田は真弓に訊ねた。

「新地って？」

「この辺や。キタからずっと。ミナミとはちがう。お客さん皆んな上品でな、サラリーマンばっかりや。接待の人ばっかりで、あわんさかい、やめてしもた」

「銀座《ぎんざ》、みたいなものかな」

「そうやろね。東京からきたお客さん、いうわ。キタが銀座で、ミナミが新宿《しんじゅく》や、って」

「ふうん」

「そう思えへんかった？　きのう」

坂田は苦笑した。

「あまりゆっくり見なかったからな」

だがミナミは新宿ともう少しちがうような気がした。新宿よりもっと若々しく、エネルギーに満ちている。

ふたりはうどんができるのを待つあいだ、ガードレールに腰かけた。

「大阪、嫌いになった?」

坂田は一瞬考え、首をふった。

「好きか?」

坂田は真弓を見た。真剣な表情になっている。

「大阪、好き?」

坂田は微笑《ほほえ》んだ。

「好きかもしれない」

「あんなことあっても?」

「いい人にも会った。君とか、ケンさんとか」

「ケンに会《お》うたん?!」

真弓は目をみはった。坂田は頷き、話した。助けてもらい、しかしケンが怪我を負ってしまったことを。

「会議がすんだら見舞いにいこうと思ってる」

本当は会議になどでず、いくべきかもしれない。しかしこのアタッシェをとり戻そうとして始まった悪夢を考えれば、すべてが終わり、これが手もとにある今、会議にだけはでたかった。会議で新製品の披露《ひろう》さえすませれば、もう会社をやめる羽目《はめ》になってもかまわない。そこまでは、自分の責任だ。真弓をとり戻したことと同じように、坂田勇吉の責任だ。

「できたで」

老人がいった。発泡スチロールではなく、陶器の丼から湯気がたちのぼって、屋台のへりに並べられていた。

「おいくらですか」

「ええ。うちが払う」

真弓が止めた。

「でも――」

「うちが払いたいんや」

「わかった」

ふたりは丼を手にとった。油揚げがのったキツネうどんだった。

「キツネだ」

「うどん、いうたらキツネや」

刻まれた細ネギが油揚げの上に散らばり、透明に近いツユの中に、まっ白のうどんが沈んでいる。

坂田は割り箸をとり、ツユをすすった。その色からは想像もつかない、だしのきいた濃い味だった。油揚げの煮汁が混じり、ほのかに甘い。

油揚げの端を噛《か》んだ。湯気を吸いこむと咳《せき》がでた。徹夜明けにラーメンを食べた学生時代を思いだした。

うどんをすすりこんだ。柔らかいのだが、ねっちりとした腰があった。胃に落ちていくと、それを伝うように体が暖まるのを感じた。坂田は真弓と目をあわせ、微笑んだ。妙に幸せな気分だった。

老人はしゃがんで煙草《たばこ》を吸っている。

キキキッという音が背後の道路でして、坂田はふりかえった。走ってきた一台の車が、道の中央よりで急ブレーキを踏み、後続があわてて急停止していた。

止まったのは濃紺のベンツだった。

何があったのだろうと思うまもなく、ベンツは強引にUターンして、クラクションを浴びながら、坂田たちのいる歩道に向かってきた。横断歩道をまたぎ、のりあげるようにして止まった。

ナンバーを見た。なにわの四八二二。その瞬間、坂田の血は凍った。

秋津だ。

助手席のドアを蹴り開けるように、とびだしてきたのは、やはりそうだった。顔面を蒼白《そうはく》にし、まっすぐ坂田を見すえている。

運転席からは山内が降りた。あたりをいく通行人が何ごとかと立ち止まる。

「見つけたで」

秋津はおし殺した声でいった。

「東京からの出張やったら、この辺か高麗橋《こうらいばし》のビジネスホテルやろ、思うとったわ」

「――逃げろ、真弓さん」

坂田は低い声でいった。次の瞬間、

「このガキは！」

怒号《どごう》をあげ、秋津はつかみかかってきた。真弓が悲鳴をあげ、

「あかん、またや！」

老人が呻《うめ》き声をもらした。

坂田は手にしていた丼の中味をぱっと秋津に浴びせた。熱いツユを顔に浴び、秋津は怒りと悲鳴の混じった、すさまじい叫びをあげた。丼が歩道に落ち、砕け散った。

坂田は足もとにあったアタッシェケースをつかんだ。とってをもち、遠心力をつけてふり回した。

両腕で目のあたりをこすりながら突進してきた秋津の顎《あご》に、そのアタッシェケースの角が命中した。ガツッという鈍い音がして、秋津は仰向《あおむ》けにひっくりかえった。

「このガキ！」

山内が叫び、ぱっと上着をはねあげて、うしろに手を回した。カラン、と音をたてて白木《しらき》の短い鞘《さや》が地面に落ちた。刃を上に向けた匕首《あいくち》を坂田めがけつきだしてくる。

坂田は夢中でアタッシェケースを盾にした。刃先が激しくアタッシェケースの腹にあたり、固い音をたてて向きをかえた。勢いの止まらない山内が体を泳がせ、屋台の引き棒に足をひっかけた。

つんのめるようにして屋台に体ごとつっこんだ。真弓の足もとだった。真弓が両手で抱えあげた丼をその頭に叩きつけた。

丼が割れ、大きな音をたて山内は屋台ごと歩道に倒れた。横倒しになった屋台から熱湯とツユが山内にふりかかり、もうもうと湯気がたった。山内が苦痛の声をあげ、転げ回った。

「殺したるわ……」

声に坂田はふりかえった。顎と唇から血を滴らせながら秋津が立ちあがったところだった。倒れたときに頭を打ったのか、足がふらついている。

「この——東京者が……」

両手をつきだし、坂田の首を絞めつけた。坂田は勢いでたたらを踏み、倒れている屋台の車輪に足をつまずかせた。

倒れこむ。肩と腰を打った。秋津はのしかかるようにして坂田の首をつかんでいた。

「殺したる、殺したる、殺したる……」

くいしばった歯のあいだからくりかえしながら、秋津は坂田の頭を屋台に叩きつけた。

衝撃にふっと気が遠のく。

「あかん！　やめてえっ」

叫び声がすぐそばで聞こえた。真弓が秋津にしがみついていた。秋津は唇をすぼめ、その腕をふり払った。

坂田は目をみひらいた。真弓がつきとばされ、視界から消えた。秋津が決死の形相《ぎょうそう》で坂田を再び見おろした。坂田は拳を固めた。秋津の顔めがけ、握った拳を叩きこんだ。

拳に強い衝撃がきた。そして何か折れたような感触が伝わった。指の骨が折れたのだろうか――。

ぱっと血が散った。秋津の鼻から噴きだしたのだった。眉間《みけん》の少し下で秋津の鼻筋が潰《つぶ》れていた。

ピーッという笛の音が耳をつん裂いた。ばたばたっという足音がすぐそばで聞こえた。何本もの腕が、のしかかってくる秋津の肩や首、腰に巻きつき、坂田からひきはがした。

パンチパーマをかけたやくざらしい男の顔が坂田の視界にとびこんだ。やくざはひとりだけでなく、四～五人いた。スーツやブルゾンを着こんでいる。

自由になったものの、体に力が入らず、坂田はずるずると尻もちをついた。

「秋津、このガキが！」

叫びがした。新たにやってきたやくざの集団が地面にひきずり倒された秋津をとり囲んでいる。たちまちに、何本もの足が、秋津の顔といわず、肩といわず、蹴りを浴びせる。

「手間かけさせよってからに！　おんどれはなめとんのか、けいさつを！」

秋津はあっというまに血だるまになった。弱々しく腕をあげ、顔をかばうだけだ。

けいさつ――?!　坂田は目を開いた。白いものが光った。パンチパーマの男がブルゾンの裾《すそ》からひき抜いた手錠だった。

「立たんかい、こら！」

右腕にはめられた手錠で吊りあげられるように秋津は起こされた。坂田は信じられない思いでそれを見つめていた。

警察だ。この男たちは刑事だったのだ。

秋津はすっかり戦意を喪失しているように見えた。左手にも手錠がおろされ、さらに肩をふたりの刑事につかまれている。

苦しんでいた山内にも手錠がかけられた。

パンチパーマの刑事が秋津の向かいに立ち、血でよごれた頰をワシづかみにした。

「終《しま》いやな、秋津。お前の子分、みんな歌《うと》うたで。カタギ刺させよったんは、マズかったわ」

秋津は無表情に刑事を見やり、その背後に立った坂田に目を移した。

「くそが……」

小さくつぶやき、赤いツバを吐いた。

「今日は忙しいんや。これからお前とこのセンバ会と堀河組、両方ガサ入れや。いくど」

ベンツの周囲にパトカーが数台止まっていた。秋津がそのうちの一台に押しこめられると、刑事は戻ってきて坂田と真弓の前に立った。

「坂田さんいうんは、あんたですな」

「はい」

「入院しとる金倉さんと、堀河組の米山三治《よねやまさんじ》は知っとりまんな」

「はい」

坂田は頷き、真弓を見やった。真弓は坂田の手をしっかりと握りしめていた。体が小刻みに震えている。

「あとでいろいろ話をうかがいたいんで、きてもらえますか」

「会議のあとでしたら……」

「けっこうです」

男はいって、懐ろから警察手帳をだし、名刺を一枚抜いた。「大阪府警察　捜査四

課　巡査部長」という肩書が入っている。

「そちらは橋崎真弓さんやね」

「はい」

「あんたにもきてもらわないかんね」

「いっしょにいきます」

坂田はいった。刑事は頷き、鋭い目になって坂田を見た。

「ちゃんとこないかんで」

「はい。あの、ケンさ――金倉さんの具合いはどうなんですか」

「全治一ヵ月やね。医者《せんせい》は、一週間で退院できるやろ、いうてる。もとがやんちゃやったから、体丈夫にできてるわ」

口ぶりでは、ケンのことを前から知っているようだ。坂田はほっとして真弓と顔を見あわせた。

「会議何時まで？」

「昼くらいまでだと思います」

「ササヤ食品やったね」

刑事はいった。坂田は驚いた。そこまで調べているのか。

「いろいろ内偵しとったからね。ようけ知っとるよ」

刑事は坂田の驚きを知ってか、平然といった。

「ま、くわしい話はあとで聞かせてもらうさかい……。それと、今日もうひと晩は、大阪《こっち》に泊まってもらうことになるかしれん」

「まさか――」

坂田はあわてた。自分も逮捕されるのだろうか。

「留置やない。心配せんでええ」

刑事はにやっと笑った。すごみのある笑いだった。踵《きびす》をかえし、パトカーに戻っていく。

刑事たちはいってしまった。あとには野次馬《やじうま》と、制服警官が数名残り、屋台の老人から事情聴取をしている。老人はすっかりあきらめたようすで、ぼそぼそと喋《しゃべ》っていた。

坂田は真弓を見た。

「もうひと晩だって」

「災難やね」

真弓は嬉しそうにいった。

「出張手当、でるのん」

「わかんない。たぶん駄目だろうな」

坂田は首をふった。

「しゃあないな」

真弓はため息をついた。そして坂田の手をぎゅっと握りしめ、囁《ささや》いた。

「うちとこ、泊めたるわ」

# 後記

今回の物語では、多くの方の手をわずらわせた。大阪は、私にとってはほとんど未知の土地だったが、そこにある魅力は三度ほどの取材旅行ですら、充分感じとれた。回数が増えれば増えるほど魅力はまし、終いには、住んでみたいなとまで思った。特にミナミの盛り場には魅かれた。月並みだが、酒はうまいし、姐ちゃんはきれいである。

大阪弁に関しては、兵庫在住の山口知子さんに監修を仰いだ。また講談社文芸図書第三出版部の唐木厚氏、第二出版部の寺西直裕氏、カメラマンの塔下智史氏にはお世話になった。唐木氏の後輩である、京都大学「アイドル研究会」の諸君にも感謝している。

ありがとうございました。

大沢在昌

# 解説

茶木則雄

「わたしはどこで見つけようと、気に入ったものは使う」

とは、偉大な劇作家モリエールの言葉だが、これは古来より、素晴しい作品を遺《のこ》してきた作家の、大半に当てはまるスタンスだろう。一部の真に天才的な芸術家は別として、他人の作品から影響を受けない作家は——それが古典であれ、同業者の新作であれ、あるいは映画や音楽であれ——、まずいないと言っていい。ことにエンターテインメントの場合、気に入ったアイデアやイメージを自分なりに作品の中に取り入れることは、褒《ほ》められこそすれ、誹《そし》られることでは断じてないのである。なぜならばそれは、一箇所に留まらずつねに前進を続けようとする職業作家の、誠実な創作態度の発露《はつろ》であり、修養（他から刺激を受けること）を怠《おこた》らない不断の努力の証《あかし》にほかならない。作家としての優れた資質のひとつと言うべきだろう。

ただ、問題は咀嚼《そしやく》力である。それをいかに自家薬籠中《じかやくろうちゆう》のものにするかという点だ。一旦、自分のフィルターを通したうえでなければ、どんなものでも読者の新たな感動を呼べないことは言うまでもない。

ところで、一九八〇年代前後から九〇年代にかけてデビューした日本のミステリー作家のなかには、特定の海外作家に強く影響を受けている例が少なくない。エラリー・クイーンやディクスン・カーを母系とする一連の新本格派作家（山口雅也や有栖川有栖、京大ミステリ研出身の綾辻行人、我孫子武丸、法月綸太郎など）、リチャード・ニーリィの信奉者である折原一、処女作『そして夜は甦る』をレイモンド・チャンドラーへのオマージュとして捧げた原尞、ディック・フランシスの競馬シリーズの影響を色濃く受けている真保裕一、最近ではディーン・R・クーンツ派を公言して憚《はばか》らない瀬名秀明など、その例は枚挙《まいきよ》に暇《いとま》がないほどだ。また、特定の海外作品に親愛を示す例も多く、船戸与一の『山猫の夏』はダシール・ハメット『血の収穫』、志水辰夫の『深夜ふたたび』はギャビン・ライアル『深夜プラス1』、佐々木譲『エトロフ発緊急電』はケン・フォレットの『針の眼』をそれぞれ下敷にしているという具合である。これらほど顕著ではないにしろ、北村薫の『スキップ』なども、ケン・グリムウッド『リプレイ』がなければ違うかたちの作品に仕上った可能性はある。

いま例に挙げた作家や作品はいずれもファンの間で高い評価を受けており、下敷とする作品があっても皆、独自の価値を持つものばかりである。もともとミステリーという文学ジャンルが海外からの輸入品であることを考慮に入れても、日本人作家の咀嚼力は概《おおむ》ね強靭《きょうじん》なもの、と言わざるを得ない。

なかでもとりわけ頑丈な歯を持っているのは、大沢在昌ではないか、と私は思っている。

作者が、小学五年からミステリーを読み始め、中学二年生でチャンドラーに出会ってハードボイルド作家を志した早熟な少年であったことは、大沢ファンにはあまりにも有名なエピソードだが、「チャンドラーのハードボイルドにとりつかれ」(『感傷の街角』双葉ノベルズ版あとがき)た大沢在昌の作家としての足跡を見るとき、この作者の並外れた咀嚼力には、驚愕《きょうがく》の念を禁じ得ないのである。根底にはつねに揺《ゆる》ぎないハードボイルド精神《スピリット》が横溢《おういつ》しているとはいえ、正統ハードボイルドの『氷の森』(講談社文庫)、青春ハードボイルドの『感傷の街角』(角川文庫)、軽ハードボイルドの『悪人海岸探偵局』(双葉文庫)やユーモア・ハードボイルドの『アルバイト探偵《アイ》』(講談社文庫)、アクション・ハードボイルドの『野獣駆けろ』(集英社文庫)、警察ハードボイルド『新宿鮫』（光文社文庫）、さらには、近未来SFハードボイルドの『B・D・T〜掟の街〜』（角川文庫）、老人ハードボイルドとも言うべき『流れ星の冬』（双葉文庫）と、大沢ハードボイルドはあまりにもバラエティに富んでいる。チャンドラーの影響を直截《ちょくせつ》的に指摘できるような要素は、もはやその精神のみだろう。大沢在昌はチャンドラーを充分に噛み砕いて咀嚼し、すでに完璧に血となし、肉となした、と言っていい。

しかし私が感心するのは、チャンドラーの系譜を受け継ぐこうしたハードボイルド精神の咀嚼力よりも、むしろ、個別の海外作品のアイデアやイメージに対するそれである。たとえば、講談社文庫版『アルバイト探偵《アイ》』の解説で評論家の関口苑生が触れているように、冴木隆と涼介の親子コンビが、フリドリック・ブラウンの『シカゴ・ブルース』（創元推理文庫）をはじめとするエド・ハンターシリーズの伯父、甥コンビにヒントを得たであろうことは——少なくとも触発されたであろうことは、高校時代に年間一千冊のミステリーを読んでいたという、作者の膨大な読書量をもってすれば想像に難くない。また『烙印の森』（角川文庫）が、「あきらかに、ニューヨークのアンダーグラウンドを舞台にした、ポスト・ネオ・ハードボイルドの旗手、アンドリュー・ヴァクスの探偵バーク・シリーズ（『フラッド』『赤毛のストレーガ』『ブルー・ベル』他。ハヤカワ・ミステリ文庫）を日本に置き換えたもの」（池上冬樹、角川文庫版『感傷の街角』解説）であることは、海外ミステリーのファンには周知の事実だろう。ほかにも、プロフェッショナル同士の対決を緊密なサスペンスで描く『標的はひとり』（カドカワノベルズ）に、ミステリーファンならギャビン・ライアルの作風――たとえば『もっとも危険なゲーム』（ハヤカワ・ミステリ文庫）との共通点を感じることは容易であろう、と私は思う。

もちろん、改めて言うまでもないことだが、これらは独自の作品世界を構築しており、『烙印の森』を除いて、その影響は明確に指摘できるほどのものではない。ただ何となく、そうではないか、たぶんそうだろう、と、読者が勝手に想像し得る程度のものである。もし影響を受けているとすれば（そうに違いないと思うのだが）、それをいかに咀嚼して、自家薬籠中のものにしているかという証左だろう。ミステリ研究家の霜月蒼が言うように、大沢在昌はデビュー以来、「一貫して、アメリカのハードボイルド小説を、説得力を持ったかたちで日本に移植する試みをつづけてきた」（『ミステリ読書案内　ニッポン篇』、シネマハウス刊）にもかかわらず（あえて私見を加えれば、アメリカのハードボイルド小説を中心とする海外ミステリーを、だろうと思うが）、〝大沢版××〟と呼ばれる作品がほとんどないのも、まさにその強靭な咀嚼力ゆえだろう。

『烙印の森』と並んで唯一、〝大沢版××〟と言うべき明らかな影響を指摘できるのが、何を隠そう本書である、と私は思っている。

大沢在昌の四十冊目の小説にあたる本書は、出張で大阪を訪れた江戸っ子の青年サラリーマンが、到着早々、製品サンプルの入ったアタッシェケースを持ち逃げされ、後はそれを延々と追いかけていくという典型的な追跡活劇だ。サスペンスの核になるのは、アタッシェケースを取り戻し、それに端《たん》を発した一連のトラブルを解決するまでの時間が、あらかじめ設定されている点である。まさに主人公は、『走らなあかん、夜明けまで』なのだ。いわばタイムリミット型のサスペンスであり、刻々とせまる時間の経過が、読む者に手に汗握るような焦燥感を与える仕組になっている。

しかも、追跡劇の渦中で知り合った若い男女の交情が、物語の一番の読ませどころになっている……とくれば、これは誰が何と言おうと、大沢版『暁の死線』（創元推理文庫）である。大都会ニューヨークで偶然知り合った同郷の若い男女が、故郷に帰るバスが発車する夜明けまでの残された五時間で、青年の身に振りかかった殺人の嫌疑を晴らさなければならない——という、かのウィリアム・アイリッシュの名作を想起しない読者は、ミステリーファンならおそらくいないはずだ。

大沢在昌はこの設定を巧みに現代の日本に置き換え、様々な工夫を凝《こら》すことで、時間制限に十全な説得力を持たせている。一例を挙げれば、食品会社に勤める主人公の坂田勇吉が置き引きされたアタッシェケースの中身は、発売前の新製品で（おかか味とガーリック味のオニオンチップスというのがおかしいけど）、純然たる企業秘密なのであった。明朝の会議までに取り戻すことができなければ、サラリーマンとして実に危うい立場に置かれることになるのだ。そのうえ、この時間制限は事件の推移とともにどんどん切迫したものになってくる。未読の読者のため詳しくは書かないけど、もはやサラリーマンの立場うんぬんの問題では、なくなってくるのであった。オーバーな言い方をすれば、人間としての尊厳（および身体的生命）をかけたギリギリの状況に、主人公の坂田は追い込まれていくのである。

このあたりの説得力は、さすが大沢在昌と言うべきで、いつもながら、まったくもって唸《うな》るほど上手い。

ここで重要なのは、坂田が〝新宿鮫〟のようにカッコいいヒーローでは決してない、という点だ。どちらかと言うとトホホ系の、弱虫ヒーローであるという設定の妙である。それによって——言い方を換えればどこにでもいそうな青年だからこそ、主人公に旅先で振りかかった思わぬ災難が、読者により切迫したかたちで伝わってくるのだろう。

しかも舞台を大阪に設定することで、生まれてこのかた「箱根より西に」でたことがないという生粋《きっすい》の東京人・坂田の、カルチャーショックがありありと伝わってくる仕掛けになっている。つまり異国でトラブルに見舞われたエトランゼの心細さが、主人公の眼を通して如実に描かれていくのであった。これもまた、切迫感を増すひとつの要因になっている。そしてそれが、〝東京人〟と〝大阪人〟の文化的ギャップを描いた面白さにも通じていくのである。

作者が上手いのはこうした設定ばかりではない。当然のことながら、登場人物のキャラクタライゼイションも相変わらず抜群の上手さだ。主人公の手助けをする元ヤンキー娘のホステス真弓――彼女が『暁の死線』におけるダンサーにあたるわけだが――は言わずもがな、彼女の同級生で「強きになびき弱きをいたぶるありがちなチンピラ」(ⓒ香山二三郎)サンジ、そして真弓の別れた亭主の兄貴で、かつて「喧嘩の弟子入りしたい、いうやあさん、いっぱいおったくらいや」という無敵の喧嘩王ケンさんなど、脇役の人物造形は『暁の死線』以上に見事である、と言っても過言ではない。彼らが振りまく大阪弁の啖呵《たんか》は、本書の爽快《そうかい》なテイストの〝味のもと〟になっているほどだ。

こうしてみてくると、本書と『暁の死線』の共通点は、夜明けまでがタイムリミットという設定と、両者とも基本的にボーイ・ミーツ・ガールの物語であるという点を除けば、ほとんどないに等しいことが分かってくる。しかしだからこそ、本書は大沢版『暁の死線』なのである。強靭な咀嚼力とはそういうものだ。

……と、ここまで一気に書き上げて、嫌ーな予感がしてきた。ふと、あることを思い出したのである。以前たしか作者は、本書について、映画のイメージがヒントになったと語っていなかったかしらん……？　そう言えば、対談集『エンパラ』（光文社文庫）の梅原克文との対談でも、「僕も小説のイメージは、映画から得ることが多いんですよ。ジェームズ・キャメロン監督の『エイリアン2』、『ターミネーター2』は好きな映画で、これはお気づきになった方もいるんだけど、新宿鮫シリーズの、『毒猿』（光文社文庫）は派手なアクション作品にしたんですが……」と語っていたもんな。

あわてて当時の資料をひっくり返してみたところ、『IN★POCKET』一九九二年十二月号の阿部牧郎との対談に、確かにその旨《むね》の記述があるではないか！

「（いま取材しているのは）主人公を箱根から西へ来たことがない男に設定して、大阪に驚く話なんですよ。ハリソン・フォードの『フランティック』という映画がありまして、医者が主人公なんですけど、アメリカ人の夫婦でパリへ旅行に行って奥さんが誘拐されちゃう。英語しかしゃべれないんで、結構ドジなことをやる面白さを、いわば大阪版という形にしたくて試みているんです」（特集「遊びの街は健在です」）

あちゃー、である。ここで再度あわてて、私が近所のビデオ屋に『フランティック』を借りに走ったのは、言うまでもない。

一九八八年に制作されたロマン・ポランスキー監督のこの追跡サスペンスは、実は一度、テレビのロードショーで観たことがあるのだけれど、その時は『走らなあかん、夜明けまで』との相似《そうじ》は、まったくと言っていいほど気づかなかった。今回改めて観直《みなお》してみると、なるほど、コミカルな味やハリソン・フォードを助ける〝小猫のように愛らしくセクシーな〟不良娘のキャラクターに、共通点を見出すことができる。しかし、率直に言って、着想のヒントを得たというだけで、両者はまったくの別物である（と私は思った）。たとえ映画から得たものであっても、作品を完全に咀嚼して、自家薬籠中のものにしていることには変わりない。

したがって、大沢在昌が日本人作家のなかでもとりわけ、頑丈な歯をもっている、という私の説は有効だろう、と確信した次第だ（ああ、よかった……！）。

大沢在昌がその鋼鉄の歯で、これからどのようなものをどのような方法で、独創的に噛み砕いていくか、読者とともに刮目《かつもく》して待ちたいと思う。

なお〝日本一不運なサラリーマン〟坂田は、極寒の地・北海道でまたしても大トラブルに遭遇する羽目になる。坂田を襲う、涙（と笑い）なくしては読めない悲喜劇の顚末は、『涙はふくな、凍るまで』（講談社文庫）でお楽しみいただきたい。

この作品は一九九三年十二月に小社より単行本として、一九九六年二月にノベルスとして刊行され、一九九七年三月に文庫化されたものの新装版です。

|著者|大沢在昌　1956年、愛知県名古屋市出身。慶應義塾大学中退。'79年、小説推理新人賞を「感傷の街角」で受賞し、デビュー。'86年、「深夜曲馬団」で日本冒険小説協会大賞最優秀短編賞。'91年、『新宿鮫』で吉川英治文学新人賞と日本推理作家協会賞長編部門。'94年、『無間人形　新宿鮫Ⅳ』で直木賞。2001年、'02年に『心では重すぎる』『闇先案内人』で日本冒険小説協会大賞を連続受賞。'04年、『パンドラ・アイランド』で柴田錬三郎賞。'10年、日本ミステリー文学大賞を受賞。

大沢在昌公式ホームページ「大極宮」
http://www.osawa-office.co.jp/

新装版《しんそうばん》　走《はし》らなあかん、夜明《よあ》けまで
大沢在昌《おおさわありまさ》

2012年3月15日第1刷発行
2012年7月20日第2刷発行

発行者――鈴木　哲
発行所――株式会社　講談社
東京都文京区音羽2-12-21　〒112-8001
電話　出版部（03）5395-3510
販売部（03）5395-5817
業務部（03）5395-3615
Printed in Japan

講談社文庫
定価はカバーに
表示してあります

デザイン―菊地信義
本文データ制作―講談社デジタル製作部
印刷―――凸版印刷株式会社
製本―――株式会社国宝社



ISBN978-4-06-277200-6

# 講談社文庫刊行の辞

二十一世紀の到来を目睫に望みながら、われわれはいま、人類史上かつて例を見ない巨大な転換期をむかえようとしている。

世界も、日本も、激動の予兆に対する期待とおののきを内に蔵して、未知の時代に歩み入ろうとしている。このときにあたり、創業の人野間清治の「ナショナル・エデュケイター」への志を現代に甦らせようと意図して、われわれはここに古今の文芸作品はいうまでもなく、ひろく人文・社会・自然の諸科学から東西の名著を網羅する、新しい綜合文庫の発刊を決意した。

激動の転換期はまた断絶の時代である。われわれは戦後二十五年間の出版文化のありかたへの深い反省をこめて、この断絶の時代にあえて人間的な持続を求めようとする。いたずらに浮薄な商業主義のあだ花を追い求めることなく、長期にわたって良書に生命をあたえようとつとめるところにしか、今後の出版文化の真の繁栄はあり得ないと信じるからである。

同時にわれわれはこの綜合文庫の刊行を通じて、人文・社会・自然の諸科学が、結局人間の学にほかならないことを立証しようと願っている。かつて知識とは、「汝自身を知る」ことにつきていた。現代社会の瑣末な情報の氾濫のなかから、力強い知識の源泉を掘り起し、技術文明のただなかに、生きた人間の姿を復活させること。それこそわれわれの切なる希求である。

われわれは権威に盲従せず、俗流に媚びることなく、渾然一体となって日本の「草の根」をかたちづくる若く新しい世代の人々に、心をこめてこの新しい綜合文庫をおくり届けたい。それは知識の泉であるとともに感受性のふるさとであり、もっとも有機的に組織され、社会に開かれた万人のための大学をめざしている。大方の支援と協力を衷心より切望してやまない。

一九七一年七月

野間省一

## 講談社文庫　目録

# 講談社文庫　目録

逢坂　剛　燃える蜃気楼(上)(下)
逢坂　剛　墓石の伝説
逢坂　剛　新装版 カディスの赤い星(上)(下)
逢坂　剛　暗い国境線(上)(下)
逢坂　剛　鎖《とざ》された海峡
M・ルブラン原作 逢坂　剛　奇巌城
オノ・ヨーコ 飯村隆彦編　ただの私《あたし》
オノ・ヨーコ 南風椎訳　グレープフルーツ・ジュース
折原　一　倒錯のロンド
折原　一　水の殺人者
折原　一　黒衣の女
折原　一　倒錯の死角〈201号室の女〉
折原　一　101号室の女
折原　一　異人たちの館
折原　一　耳すます部屋
折原　一　倒錯の帰結
折原　一　蜃気楼の殺人
折原　一　叔母殺人事件〈偽りの館〉
折原　一　叔父殺人事件〈グッドバイ〉

折原　一　天井裏の散歩者〈幸福荘殺人日記①〉
折原　一　天井裏の奇術師〈幸福荘殺人日記②〉
大下英治　一を以って貫く〈人間小沢一郎〉
大橋巨泉　巨泉〈人生の選択〉
大橋巨泉　巨泉流 成功！海外ステイ術
太田忠司　紅《べに》天蛾《すずめ》〈新宿少年探偵団〉
太田忠司　鴇色の仮面〈新宿少年探偵団〉
太田忠司　まぼろし曲馬団〈新宿少年探偵団〉
太田忠司　黄昏《たそがれ》という名の劇場
小川洋子　密やかな結晶
小川洋子　ブラフマンの埋葬
小野不由美　月の影 影の海(上)(下)〈十二国記〉
小野不由美　風の海 迷宮の岸〈十二国記〉
小野不由美　東の海神《わだつみ》 西の滄海〈十二国記〉
小野不由美　風の万里 黎明の空(上)(下)〈十二国記〉
小野不由美　図南の翼〈十二国記〉
小野不由美　黄昏の岸 暁の天〈十二国記〉
小野不由美　華胥《かしょ》の幽夢《ゆめ》〈十二国記〉
乙川優三郎　霧の橋

乙川優三郎　喜知次
乙川優三郎　屋烏《おくう》
乙川優三郎　蔓の端々
乙川優三郎　夜の小紋
恩田　陸　三月は深き紅の淵を
恩田　陸　麦の海に沈む果実
恩田　陸　黒と茶の幻想(上)(下)
恩田　陸　黄昏の百合の骨
恩田　陸　『恐怖の報酬』日記〈酩酊混乱紀行〉
恩田　陸　きのうの世界(上)(下)
奥田英朗　ウランバーナの森
奥田英朗　最悪
奥田英朗　邪魔(上)(下)
奥田英朗　マドンナ
奥田英朗　ガール
乙武洋匡　五体不満足〈完全版〉
乙武洋匡　乙武レポート〈'03版〉
乙武洋匡　だから、僕は学校へ行く！
大崎善生　聖《さとし》の青春

# 講談社文庫　目録

大崎善生　将棋の子
大崎善生　編集者T君の謎〈将棋業界のゆかいな人びと〉
押川國秋　十手人
押川國秋　勝山心中
押川國秋　捨て首〈臨時廻り同心日下伊兵衛〉
押川國秋　中山道の雨〈臨時廻り同心日下伊兵衛〉
押川國秋　母の剣法〈臨時廻り同心日下伊兵衛〉
押川國秋　佃の渡し〈臨時廻り同心日下伊兵衛〉
押川國秋　八丁堀日和〈臨時廻り同心日下伊兵衛〉
押川國秋　辻斬り
押川國秋　見習い用心棒〈本所剣客長屋〉
押川國秋　左利きの剣法〈本所剣客長屋〉
押川國秋　射手座の侍〈本所剣客長屋〉
押川國秋　秘恋の雪〈本所剣客長屋〉
押川國秋　春雷の女房〈本所剣客長屋〉
大平光代　だから、あなたも生きぬいて
小川恭一　江戸の旗本事典〈歴史・時代小説ファン必携〉
落合正勝　男の装い基本編
大場満郎　南極大陸単独横断行

小田若菜　サラ金嬢のないしょ話
奥野修司　皇太子誕生
奥泉光　プラトン学園
大葉ナナコ　怖くない育児〈出産で変わること、変わらないこと〉
小野一光　彼女が服を脱ぐ相手
小野一光　風俗ライター、戦場へ行く
岡田斗司夫　東大オタク学講座
小澤征良　蒼いみち
大村あつし　無限ループ〈右へいくほどゼロになる〉
大村あつし　エブリリトルシング〈クワガタと少年〉
大村あつし　恋することのもどかしさ〈エブリ リトル シング 2〉
折原みと　制服のころ、君に恋した。
折原みと　時《とき》の輝き
面髙直子　ヨシアキは戦争で生まれ戦争で死んだ
岡田芳郎　世界一の映画館と日本一のフランス料理店を山形県酒田につくった男はなぜ忘れ去られたのか
大城立裕　小説琉球処分(上)(下)
太田尚樹　満州裏史〈甘粕正彦と岸信介が背負ったもの〉
大島真寿美　ふじこさん
大泉康雄　あさま山荘銃撃戦の深層(上)(下)

大山淳子　猫弁〈天才百瀬とやっかいな依頼人たち〉
海音寺潮五郎　新装版 列藩騒動録(上)(下)
海音寺潮五郎　新装版 江戸城大奥列伝
海音寺潮五郎　新装版 孫子(上)(下)
海音寺潮五郎　新装版 赤穂義士
加賀乙彦　高山右近
加賀乙彦　ザビエルとその弟子
金井美恵子　噂の娘
柏葉幸子　霧のむこうのふしぎな町
柏葉幸子　ミラクル・ファミリー
勝目梓　悪党図鑑
勝目梓　処刑猟区
勝目梓　獣たちの熱い眠り
勝目梓　昏《くら》き処刑台
勝目梓　眠れない
勝目梓　生《いけ》贄《にえ》
勝目梓　剝《は》がし屋
勝目梓　地獄の狩人
勝目梓　鬼畜

2012年6月15日現在